KB089294

별자리들

들시리즈 — 03

별자리들

우리의 시간에 동행하는

별빛이 있다

이주원 지음

꿈꾸는인생

| 프롤로그 |

우주를 알아가는 즐거움

어렸을 적엔 글 쓰는 사람도 되고 싶었고, 과학 하는 사람도 되고 싶었다. 수능 원서를 쓰는 시기가 다가왔을 때 천문학과를 갈까, 문예창작과를 갈까 잠시 고민하기도 했다. 결국 천문학을 선택했지만, 대학 생활 내내 일기를 쓰고 문학 수업을 들었으며 소설책을 끼고 살았다. 문학 수업 과제물은 교수님들께 칭찬을 받곤 했다. 하지만 내 글을 타인에게 보여 주는 건 어쩐지 벌거벗은 기분이라서 남들에게 보여 주겠다는 생각도, 책을 내보겠다는 생각도 해 본 적이 없다.

나는 내가 일기 쓰기가 취미인 천문학자가 될 줄 알았다. 그러나 나는 천문학자가 되지 않았고, 글 쓰는 일이 업무 중 하나인 사람이 되었다. 인생은 정말 이상하게 흐른다. 얄궂기도 하지만 그것이 또 인생의 묘미 중 하나라고 생각한다. 어떻게 될지 아무도 모른다는 것. 그건 우주도 마찬가지다. 시간이 흘러도 우주에 대해서 아는 것보다 모르는 것이 더 많을 것이고, 우리는 항상 알아가는 과정 중에 있을 것이다.

대학원을 다니는 중에 고비가 한 번 있었다. 우주는 나에게 너무 어려웠고, 나보다 대단한 사람은 많고 많은데 평범한 내가 이 길을 가는 게 맞는 것인지 자신이 없었다. 누군가는 나에게 초심을 찾아보라고 했고, 누군가는 벌써부터 그런 생각이 든다면 그만두는 게 맞다고 했다. 자존심이 상해서 바로 그만두지는 않았다. 어떻게든 이겨 내고 싶어서 한 분야의 일을 오래한 사람들의 인터뷰를 찾아 읽었다. 뮤지션, 배우, 감독, 운동선수 등. 자신의 분야에서 최고가 된 사람들 역시 가는 길이 순탄치 않았다. 그러나 그들은 모두 자신이 이 일을 계속해야 하는 이유를 찾아냈다. 그들처럼 나도 우주에서 나만의 의미를 찾기 시작했고, 다시 마음을 잡을 수 있었다. 6개월 정도가 걸렸던 것 같다.

가끔 그 고비를 넘기지 말고 그때 다른 길을 찾았어야 했다는 우스갯소리를 하기도 하지만, 그 방황은 나에게 큰 자산이 되었다. 자세히 보고, 물어보고, 새로운 면을 발견하고, 이해하고 느끼는 것. 어떻게 보면 누군가를 사랑하는 것과 같은 일이다. 나는 우주를 알아가며 비로소 어른의 틀을 갖췄고 사랑하는 법도 배웠다.

이 책에는 그 과정에서 배우고 느낀 우주가 담겨 있다. 내가 느낀 우주는 사람 사는 것과 크게 다르지 않다는 것이었다. 우리가 우주의 일부이니 당연한 것이겠지만, 그것을 알아가는 일이 나에게는 큰 기쁨이었다.

나의 천문학 이야기를 책으로 엮어 보자는 연락을 받았을 때, '천문학자도 아닌 내가 이런 글을 써도 될까?'라는 생각이 먼저 들었고, 쓰면서도 종종 그 생각이 들었다. 그러나 요즘은 조금 욕심을 부려 본다. 천문학자와 천문학을 모르는 사람 사이의 애매한 위치에 있기 때문에, 그들

사이를 잇는 다리를 지을 수 있다고 말이다. 그런 소명의식(?)을 가지고 매주 인터넷에 천문학 칼럼을 쓰고, 영상을 만들고, 동료와 새로운 일을 찾아 나선다. 큰 관심을 받는 일도 아니고 벅찰 때도 있지만, 누군가는 나와 동료가 만든 다리를 건너 우주로 갈 것이다.

이 책이 당신과 우주를 잇는 다리가 되기를, 당신에게도 우주를 알아가는 즐거움이 전해지기를 바란다.

| 목차 |

· 단행본은 『 』, 영화(드라마, 만화)와 곡명, TV 프로그램은 〈 〉로 표시했다.
· 김선형(아스트로캠프), 박소명(한국천문연구원), 안성호(연세대학교), 이희원(경희대학교) 님의 감수를 받았다.

보기엔 그저 아름다울 뿐이지만
그 안에는 탄생과 죽음,
만남과 이별이 있다.

나는 이 우주 안에서
비로소 어른이 되었고
또 살아가는 법을 배웠다.

달밤의 에어로빅

어렸을 적의 나는, 한 방송 프로그램에 나온 우주 마니아처럼 우주에 대한 걸 줄줄 꿰고 다니는 아이도 아니었고, 천문학과 관련된 책들은 읽지 않았으며, 지금도 여전히 읽지 않는다. 어쩌다가 천문학을 전공했다는 걸 밝히면 사람들은 별보다도 반짝이는 눈으로 나를 쳐다본다. 그리고 항상 같은 것을 묻는다. "왜 천문학과에 가셨어요?" 대학 입학 후 꾸준히 받아 온 그 질문이 지겨워 "그냥 뭐…"

라며 말끝을 흐리곤 하지만, 그렇게 둘러대는 와중에도 어렸을 때 본 밤하늘을 떠올리고야 만다.

고등학생 때까지 제주도에서 살았다. 시내에 있는 고등학교에 입학하기 전까지는 제주도에서도 시골 중의 시골인 작은 마을을 벗어난 적이 거의 없다. 내가 자란 마을이 얼마나 작았냐면, 한 반 학생이 약 스무 명 정도였고, 한 학년 학급은 두 개를 넘지 않았다. 학원이라고는 피아노 학원 하나와 보습 학원 하나가 전부였고, 문방구도 하나, 구멍가게도 하나, 빵집도 하나, 치킨집도 하나였다. 버스를 놓치면 다음 버스를 타기 위해 한 시간을 기다려야 했고, 리 사무소가 확성기로 안내 방송을 할 때마다 온 동네의 개들이 우우 소리를 내며 합창을 했다.

근처에 바다가 있었지만 마을 사람 대부분은 농업으로 생계를 이어 나갔다. 해가 뜰 때쯤에 일어나 일을 시작하기 때문에 해가 지면 마을 사람들은 각자의 집으로 돌아가 내일을 준비했다. 저녁 8시만 되어도 온 동네가 캄캄하고 고요했다. 지금은 편의점이 두 개나 생겼는데, 내가 자라던 당시엔 밤거리를 밝히는 거라고는 오렌지색 가로등과 가끔 지나가는 자동차의 헤드라이트뿐이었다. 멀리서

들리는 개들의 컹컹 짖는 소리와 바람만이 어둡고 적막한 마을을 휘감고 빠져나갔다. 밤이 오면 깜깜한 구슬 안에 갇힌 기분이었다. 하지만 그 덕분에 나는 도시에서는 볼 수 없는 온전한 밤하늘을 보며 자랄 수 있었다.

초등학교 4학년 때였나, 내가 다니는 초등학교 운동장에서 저녁마다 어떤 아주머니가 에어로빅을 한다는 소문이 들려왔다. 낡은 식탁에 둘러앉아 저녁을 먹으며 부모님께 그 이야기를 했고, 엄마는 오늘 저녁에 동생과 한번 가 보라고 했다. 8시쯤에 동생과 함께 학교 운동장에 가 보니 정말 구령대 위에서 한 아주머니가 카세트 음악에 맞춰 신나게 춤을 추고 있었고 맞은편에는 20여 명의 아이들이 아주머니의 동작을 따라 하고 있었다. 나와 동생은 잠시 멍하니 춤추는 사람들을 쳐다보다가 누가 먼저라고 할 것도 없이 맨 뒤에서 구령대 위의 그녀를 따라 춤추기 시작했다.

어떻게 시작된 것인지, 그것이 진짜 에어로빅이었는지는 모르겠지만 그 무료 수업은 꽤 오랫동안 이어졌고, 우리 자매는 그 시간이 좋아서 거의 매일 밤 운동장으로 향했다. 나중에는 아이들뿐만 아니라 어른들까지 합세해서 인원은 더욱 많아졌다. 늘어나는 회원 수가 부담스러웠을

법도 한데, 에어로빅 아주머니는 오히려 자신이 잘 보일 수 있도록 구령대 옆에 차를 세워 놓고 자신을 향해 헤드라이트를 켰다.

Boney M의 〈해피 송〉이나 정광태의 〈짜라빠빠〉 같은 노래에 맞춰 신나게 몸을 흔들고 나면 어느 새 10시가 다 되어 있었다. 에어로빅을 마치고 스트레칭을 하다 하늘을 올려다보면 별들이 말 그대로 쏟아질 것 같았다. 별이 너무 많아서 소름이 돋았다. 별자리 같은 건 알지도 않았지만, 별을 보는 게 좋아서 한참 동안 위를 쳐다보다가 목이 뻐근해지기 일쑤였다. 나중에는 스트레칭을 후다닥 마치고 운동장 계단에 앉아 밤하늘을 한참 바라보다 땀이 식어 추워질 때쯤 집으로 돌아왔다. 움직이는 밝은 점을 발견했던 날은 UFO인 줄 알고 무서운 마음에 동생과 집을 향해 냅다 달렸던 기억도 있다. 아마도 그건 비행기나 인공위성이었겠지만.

매일 밤 밤하늘을 바라보았다고 해서 그 시절 내 꿈이 '천문학자'였던 건 아니다. 별 보는 걸 좋아했을 뿐 그것과는 전혀 상관없는 꿈들을 꿨다. 문방구 사장님이 되어 장난감들에 둘러싸여 살겠다는 첫 번째 꿈 이후로 내 꿈은 매년 바뀌었다. 피아니스트, 만화가, 동시통역사, 근거 없는 자신감에 휩싸인 중학생 때에는 심지어 대통령이 되겠다고 전교생 앞에서 발표까지 했다. 내 장래희망들이 보여 주듯 나는 수학이나 과학과 관련된 직업을 가질 거라고는 단 한 번도 생각해 본 적 없는 '문과 인간'이었다.

저 천문학과 가려고요

중학교에 입학한 지 얼마 되지 않아 얼굴에 울긋불긋 여드름이 솟기 시작했다. 친구들은 아직도 뽀송한 아기 피부인데, 내 피부만 일찍이 성장통을 겪고 있었다. 어쩌면 얼굴에 뭐가 난다는 사실보다 친구들의 피부와 내 피부가 '다르다'는 게 더 무서웠는지도 모르겠다. 어떻게든 이 문제를 해결하기 위해 인터넷에서 여드름과 관련된 화장품들을 조사하기 시작했다. 처음에는 그저 여드름에 좋다는 이유로 제품을 썼는데, 나중에는 화장품에 들어간 성분이 궁금해졌다. 그럴 때면 화장품 회사 홈페이지를 찾아 게시판에 질문을 남기곤 했다(항상 친절히 답변해 준 관계자분들에게 감사를 드린다).

갖은 노력에도 사춘기에 분비되는 호르몬이란 녀석은 화장품의 기능을 가볍게 무시할 만큼 강력했다. 나는 호르몬과의 전쟁에서 대패하고 말았다. 그런데 그 일은 화장품과 화학에 흥미를 느끼는 계기가 됐다. "여드름을 치료하는 약이나 화장품을 개발하면 무조건 노벨상을 받게 될 거다"라는 인터넷에서 본 이야기는 사춘기 소녀의 마음을 불태우기에 충분했다. '그래! 화장품을 만들자! 이 세상 여드름을 다 없애 버릴 거야!' 여드름을 증오하던 문과 인간은 이과 인간으로 서둘러 변신을 마쳤고, '화장품 개발 연구원'이 되겠다고 굳게 다짐했다.

고등학교 1학년 여름이었나, 학교 게시판을 살펴보니 근처 대학의 화학과 실험실에서 '밀크 로션 만들기' 체험이 있으니 참여를 원하는 사람은 신청하라는 종이가 붙어 있었다. 내가 직접 화장품을 만들 수 있다니! 딱 나를 위한 프로그램이었다. 게시판 옆에 있던 교무실로 방향을 틀어 서둘러 신청했고, 며칠 뒤 화장품 개발 연구원에 가까워진다는 기대를 품고 화학과 실험실을 찾아갔다.

실험실에 들어서니 실험대 위에 준비물들이 놓여 있었다. 프로그램을 담당한 조교는 원래 성격이 그런지, 자신에게 고등학생을 상대하는 일을 맡겨서인지 아무튼 상당히 무뚝뚝했다. 나와 친구는 조교의 눈치를 보며 그가 시키는 대로 따랐다. 글리세린을 비롯한 여러 가지 재료를 정해진 양에 맞게 계량하고 실험용 믹서에 넣었다. 믹서의 시끄러운 소리가 실험실의 정적을 잠시 채우고 나자, 내가 넣은 재료들은 하얀색 로션으로 변해 있었다. 그 로션을 빈 화장품 용기에 넣는 것으로 체험은 끝이 났다.

버스를 타고 집으로 돌아오며 내가 만든 로션을 물끄러미 바라보았다. '뭐야, 이게 다라고?' 오후의 햇빛에 나른함이 더해져서인지 짜증과 실망이 커졌다. 사실 그건 고등학생을 위한 아주 간단한 실험이었을 뿐 뒤에는 더 넓고 깊은 학문의 길이 펼쳐져 있는 건데, 아직 어린 십대에게는 그 길이 보이지 않았다. 밀크 로션을 주머니에 쑤셔 넣으며 이렇게 재미없는 일을 하며 살 수는 없겠다고 생각했다. 내가 만든 첫 화장품은 책상 위에 올라가 있다가 몇 달 뒤 쓰레기통 속으로 사라졌다.

시간은 흘러 겨울이 찾아왔고, 담임 선생님과의 진로

상담이 며칠 남지 않은 어느 날이었다. 곧 이과와 문과 중 하나를 선택하고 희망하는 학과를 적어 내야 했다. 석식을 먹고 학교 운동장을 홀로 걸으며 생각에 빠졌다. 나는 내 성격을 잘 알고 있었다. 단순히 지금 좋아하는 일보다는 꾸준히 흥미를 가지고 계속할 수 있는 일을 찾아야 했다. '내가 꾸준히 좋아할 수 있는 건 뭘까?' 그 질문에 대한 답을 찾기 위해 기억을 거슬러 올라가다 보니 초등학교 운동장에서 에어로빅을 하던 때가 떠올랐다.

에어로빅을 해도 잘했을 테지만, 나는 에어로빅이 아니라 별을 택했다. 그렇게 아름다운 것들이라면 재미가 사라지거나 지겨워지는 일은 평생 없을 것 같았다. 며칠 뒤 나는 상담 용지의 희망 학과란에 '천문학과'라고 적었고 담임 선생님은 내가 적은 것을 몇 초간 응시하더니 이렇게 말했다. "그래. 참 너 같은 거 골랐다." 도대체 나 같은 게 뭐지? 아직도 모르겠다. 대학에서 만난 친구들은 천문학과에 가겠다고 하니 선생님과 가족이 모두 말렸다는데, 나는 아무도 나를 말린 사람이 없다. 조금 섭섭하기도 하다. 아무튼 이게 내가 천문학을 전공하게 된 이유다.

다소 심심한 나의 전공 선택 사유에 실망한 이들이 있

을 수도 있겠다. 사람들은 천문학을 전공했다고 하면 특별한 사연이 있을 거라고 기대한다. 실제로 그런 사연을 가진 이가 있을지도 모르겠다. 천문학자 칼 세이건이 나와서 "이 아이를 천문학자로 키우십시오" 하는 태몽에 천문학과에 왔다든가 하는. 그러나 축구를 좋아하던 아이가 축구 선수가 되고, 그림 그리는 걸 좋아하던 아이가 디자인을 전공하듯이 천문학과를 선택한 대부분의 사람들은 남들보다 우주를 조금 더 '좋아하기' 때문에 그곳에 왔을 뿐이다.

'천문학'이라는 학문과 '천문학과'에 대한 환상이 많다는 건, 그만큼 대중에게 알려진 것이 많지 않아서라고 생각한다. 내 주변엔 온통 천문학을 전공한 사람들과 천문학 박사들뿐이지만, 많은 사람들이 천문학을 공부한 사람을 만날 기회가 그리 많지 않을 것이다. 그래서 나는 (아무도 시키진 않았지만 그들을 대표하여) 그 얼토당토않은 환상을 깨부수고 우주에 대해 이야기해 보려고 한다.

지구과학실로

전력질주

내가 다닌 고등학교는 정문을 비롯한 모든 건물이 붉은 벽돌로 지어졌고 커다란 성모 마리아상까지 있어서 학교라기보다는 수도원 느낌이 드는 곳이었다. 아름다운 교정은 학교의 자랑거리였다. 그런데 그에 못지않은 또 하나의 자랑거리가 있었으니, 바로 과학 동아리였다. 내가 이 고등학교를 지망한 것도 과학 동아리가 상을 받았다는 기사를 자주 봤기 때문이었다. 고등학교에는 무사히 입학했고, 과학 동아리를 좋아하는 여고생은 많지 않을 테니 쉽게 들어갈 수 있을 것 같았다.

그러나 그건 나의 착각이었다. 공부 꽤나 한다는 아이들에게서 흘러나온 소문에 의하면 과학 동아리는 성적순으로 가입할 수 있는 곳이었다. 그 성적은 반 배치고사와 첫 번째 모의고사로 정해졌는데 하늘도 무심하시지, 나는 첫 번째 모의고사를 망쳐 버렸다. 초등학생 때 아이큐 테스트를 너무 못 봐서(?) 선생님과 면담을 한 것 외에는 공부로 선생님과 얘기를 나눈 적은 없었는데, 담임 선생님은 교무실로 나를 부르더니 왜 이렇게 모의고사를 못 봤냐고 나보다도 더 아쉬워하셨다.

뭐 어쩔 수 있나. 이미 벌어진 일인데. 사실 모의고사를 못 본 것보다 서러웠던 건 과학 동아리에 신청서를 낼 용기가 사라졌다는 것이었다. 과학 동아리를 신청한 아이들이 팔짱을 끼고 하하호호 웃으며 걸어가는 걸 볼 때마다 입술을 꽉 깨물고 고개를 떨궜다. 결국 나는 그곳에 신청서를 내지 못했고, 다른 동아리에 들어갔다. 어떤 동아리냐고? 바로 도서부. 도서부에 들어가서 도서실 사서가 됐다. 오래된 책에서 나는 냄새를 좋아하는 나로서는 그것도 좋은 선택이었다.

도서실이 있는 중앙 건물에서 나오면 맞은편에 운동장이 있다. 여기서 오른쪽으로 쭈욱 걸어가면 커다란 성모마리아 상이 있고 그 뒤편에 길쭉한 건물 하나가 나오는데, 바로 과학실이다. 이곳에서 주기율표 시험을 보다가 두세 명을 제외하고 모두 통과하지 못해서 다 같이 운동장으로 나가 어깨동무를 한 채 계단을 오르내리며 "수소, H!", "헬륨, He!", "리튬, Li!"를 외치기도 했다.

이 건물에서 안쪽으로 더 들어가면 작은 건물이 하나 나온다. 바로 지구과학실이다. 문을 열고 들어가면 특이한 구조가 먼저 눈에 들어온다. 칠판과 롤 스크린이 벽이 아닌 모서리에 비스듬히 설치되어 있다. 그 앞에 교탁이 있고, 책상이 교탁을 둘러싸듯이 놓여 있다. 천장에는 붉은 천이 둘러져 있는데, 스크린이 잘 보이도록 형광등 불빛을 가리기 위한 용도다. 지구과학실에 처음 들어갔던 날, 해리포터가 친구들과 작당모의를 하기 위해 사용한 곳이 이렇지 않았을까 생각했다.

지구과학 선생님은 구조가 특이한 지구과학실만큼이나 특이한 분이었다. 굉장히 무뚝뚝했고 웃는 걸 거의 본 적이 없어서 선생님이 웃는 날에는 그 소식이 학생들 사이에 퍼질 정도였다. 선생님은 가르치는 것도 별났다. 교과서에 있는 걸 가르쳐 주지 않았다. 지구가 탄생하고 공룡이 지구를 지배하는 다큐멘터리를 보게 하거나, 빌 브라이슨의 『거의 모든 것의 역사』를 읽고 수십 개의 퀴즈를 냈다(그 뒤로 과학 관련 책을 읽을 때는 꼭 시험 공부하는 기분이 들어서 함부로 과학책을 집어 읽지 못한다). 수업 시간에 다큐멘터리를 보여 줘 놓고서는 시험 때는 수능 수준의 문제를 내서 우리의 뒤통수를 때리기도 하셨고.

지구과학실의 교탁과 붙어 있는 맨 앞의 세 자리에는 '스카이 자리'라는 이름이 붙어 있었다. 이 자리에서 수업을 들으면 서울대, 고려대, 연세대에 갈 수 있다고 해서 붙여진 이름이었다. 실제로 그런 일이 있었던 건지, 아니면 어두컴컴한 지구과학실에서 학생들이 집중의 끈을 놓지 않기를 바란 선생님이 지어낸 말인지 모르겠지만, 친구들과 나는 지구과학 수업이 되면 교과서를 들고 복도를 전력으로 질주했다. 좋은 대학에 들어가고 싶은 마음도 있었고 친구들과 웃으며 뛰는 것 자체도 좋았지만, 지구과학 시간만큼은 과학 동아리 친구들보다 앞자리에 앉고 싶어서였을지도 모른다.

1년에 한 번, 과학 선생님들이 천체 관측회를 열었다.

천문학과에 가겠다고 마음을 먹었지만 망원경으로 천체를 관측해 본 적은 없어서 관측회를 신청했다. 석식을 먹고 친구들과 운동장을 몇 바퀴 돌다가 시작 시간에 맞춰 지구과학실로 갔다. 저녁의 지구과학실은 어딘가 더욱 신비롭게 느껴졌다. 지구과학 선생님은 어김없이 무뚝뚝한 표정과 말투로 오늘의 관측 대상과 관측할 때 주의해야 할 것들을 짧게 설명했다. 교육이 끝나고 운동장으로 나가 보니 그 사이에 하늘은 완전히 캄캄해져 있었다.

운동장에는 망원경이 설치되어 있었다. 두근거리는 마음으로 줄을 섰다. 드디어 내 차례가 되었고 접안렌즈에 눈을 대자 그 안에는 이제까지 보지 못한 세상이 펼쳐져 있었다. 화면을 꽉 채운 밝은 회갈색의 크고 작은 구멍들, 이글거리는 아지랑이 같은 것들. 달이었다. 처음 보는 세상이었다. 표현력이 부족한 탓에 "대박"이라는 감탄사 말고는 할 수 있는 말이 없었다. 오래도록 보고 싶었지만 뒤에서 비키라는 아우성이 들려왔기에 자리를 넘겨주어야 했다. 그러나 망원경에서 눈을 뗀 후에도 별안간 시야가 환해지던 감각은 쉬이 사라지지 않았다.

나는 곧 다음 망원경으로 자리를 옮겼다. 앞에서 본 것과는 달리 그 망원경에서는 아주 작고 밝은 점이 금빛으로 빛나고 있었다. 눈이 뚫릴 만큼 빛났던(아무래도 빛의 양을 줄여 주는 편광 필터를 달지 않았던 것 같다) 그것의 정체는 금성이었다. 태양과 달 다음으로 가장 밝게 보이는 천체, 금성. 해가 뜨기 전이나 해가 지고 나서 잠깐 볼 수 있는 금성은 나와 친구들에게 조금은 특별한 의미로 다가왔는데, 우리 학교의 이름이 '새벽에 뜬 금성'을 뜻하기 때문이었다.

망원경이 두 대밖에 없었던 탓에 딱 두 개의 천체만 볼 수 있었지만 처음으로 본 새로운 세상에 놀라 가슴은 오랫동안 두근거렸다. 자습실이 아닌 풀벌레가 우는 운동장에서 친구들과 함께 본 밤하늘은 혼자 본 그것보다도 훨씬 아름다웠다. 별났던 지구과학 선생님 덕분에 나는 더 천문학과에 가고 싶어졌다. 붙임성이 없고, 무뚝뚝한 선생님이 무서워서 이것저것 물어보거나 친근하게 굴지 못했지만, 지구과학 시간이 되면 삼선 슬리퍼를 당겨 신고 지구과학실을 향해 전력으로 뛰었다. 스카이 자리를 향해서가 아니라, 우주를 향해서.

유성우가 떨어지던 밤

고등학교 2학년 때였을 것이다. 뉴스에서 유성우 소식을 들었다. 유성우는 하늘에서 별똥별이 비처럼 쏟아지는 것을 말한다. 어린 시절 시골 마을에 살면서 별똥별을 몇 번 보긴 했지만 유성우라는 걸 본 적은 없었다. 환상의 우주쇼를 볼 수 있다는 생각에 해가 지기 전부터 들떠 있었다. 별똥별을 보면 무슨 소원을 빌지도 벌써 정해 놓았다. 무슨 소원이냐고? '천문학과에 가게 해 주세요'지 또 무슨 소원이 더 있겠는가.

야간 자율학습이 끝나자마자 학교에서 운영하는 셔틀 버스를 타고 집으로 돌아온 나는 서둘러 유성우를 볼 준비를 했다. 탁 트인 곳에 누워 하늘을 보는 게 가장 좋은 방법이지만, 학교 근처에서 혼자 자취를 하고 있었기 때문에 안전하게 집 안에서 혼자 보기로 했다. 11시가 조금 넘었을 때부터 집 안의 불을 모두 끄고 창문을 열고 이불을 둘둘 싸맨 채 뚫어져라 하늘을 쳐다봤다. (시기를 정확히 기억하진 못하는데 오리온자리가 보였던 걸 생각하면 12월 초의 쌍둥이자리 유성우를 보려고 했던 것 같다.)

자정이 다가오자 아파트 단지는 고요했고 지나가는 사람도 없었다. 찬 공기에 코를 훌쩍이며 거리에 이상한 사람이 없나 살펴보기도 했다. 그즈음 여고생을 미행하는 수상한 사람들이 있다는 소문이 있어서. 내가 하늘이 아닌 다른 곳에 눈을 두고 잠시지만 다른 생각을 할 수 있었던 건, 아무리 기다려도 별똥별은커녕 별똥별 할아버지조차 보이지 않았기 때문이다. 아니, 유성우라면서! 별똥별이 비처럼 쏟아진다면서! 환상의 우주 쇼라면서! 도대체 별똥별은 언제 떨어지는 건데요?

나중에 알게 된 사실은, 유성우라고 해서 비처럼 별똥

별이 쏟아질 거란 기대는 하면 안 된다는 것이었다. 유성우를 알리는 기사를 보면 "ZHR"이란 단어를 볼 수 있는데, 이건 시간당 떨어지는 유성우의 개수를 뜻한다. 즉, ZHR이 110이면 한 시간에 110개 정도의 별똥별이, ZHR이 20이면 한 시간에 겨우 20개 정도의 별똥별이 떨어진다는 의미이다. 그런데 내가 보려고 한 유성우는 시간당 120여 개의 별똥별이 떨어진다는 거였는데, 왜 나는 하나도 보지 못한 걸까? 이유를 생각해 보자.

첫 번째, 아마 도시의 불빛 때문일 것이다. 아무리 조용한 아파트 단지라고 해도, 창문을 통해 드문드문 보이는 불빛과 상점의 간판, 그리고 여러 개의 가로등은 어두운 하늘을 밝게 만들기 충분했을 것이다. 도시에서 만들어진 빛 때문에 밤하늘이 밝게 보이는 현상을 '빛공해' 또는 '광해'라고 부르는데, 이 빛공해 때문에 밤하늘이 밝아져서 별들이 잘 보이지 않게 된다. 도시에서는 아주 밝은 1등성이나 행성만 겨우 볼 수 있는 게 바로 빛공해 때문이다. 별들이 어디로 사라진 것이 아니다. 어쩌면 그때 역시 별똥별은 떨어졌지만 밝은 하늘로 인해 내가 눈치 채지 못한 것일지도 모른다.

두 번째는 관측할 곳을 잘못 선택했기 때문이다. 유성

우를 보기에 가장 좋은 방법은 돗자리를 깔고 그 위에 벌러덩 눕는 것이다. 유성우에 별자리 이름이 붙는 것은 별자리가 있는 방향에서 주로 유성우가 떨어지기 때문인데, 그렇다고 하더라도 꼭 그곳에서만 별똥별이 떨어지는 것은 아니고 하늘 전체에서 볼 수 있다. 그런데 나는 고작 아파트 창문으로 유성우를 보려 했으니, 내가 볼 수 있는 하늘은 전 하늘의 1/3도 채 되지 않을 것이다. 단순히 면적만을 가지고 계산하면, 유성우를 볼 확률은 1/3로 뚝 떨어져 버린다. 유성우를 볼 때는 학교 운동장처럼 주변에 높은 건물이 없고 확 트인 곳이 제격이다. 물론 추위나 더위는 감수해야겠지만.

그날 나는 결국 몇 시간을 하늘만 쳐다보다가 잠이 들고 말았다. 그때의 처참한 실패로 그 뒤로는 유성우 같은 건 쳐다보지도 않았다. 천문과학관에 근무할 때 유성우 기사가 뜨면, 하루에도 몇 통씩 "유성우를 보려면 어떻게 해야 하나요?", "과학관에서 망원경으로 유성우 보여 주나요?"라는 전화가 왔다. 유성우는 망원경이 아니라 맨눈으로 봐야 한다고 설명을 하고 전화를 끊고 나선 왜 유성우에 열광하는 건지 모르겠다는 혼잣말을 하곤 했다. 지금 생각해 보면 그들도 고등학생 때의 내가 그랬듯 기대감을 가지고 있는 거겠지. '환상의 우주 쇼' 같은 기사도 한몫했을 것이고.

어쨌든 나는 유성우의 현실을 아는 도시의 차가운(?) 천문인이지만, 다른 사람들의 우주에 대한 기대를 깨뜨릴 생각은 전혀 없다. 그러니 유성우 소식을 듣는다면 가까운 이의 손을 잡고 한적한 곳으로 나가자. 고개를 들어 올려다보기만 한다면 목이 아플 테니 돗자리와 담요를 챙기는 것도 잊지 말고. 유성우가 보이지 않아 지겨울 때면 "무슨 소원을 빌 거냐"며 동행인과 두런두런 이야기를 나누는 것도 좋을 것이다. 그러다 보면 별똥별은 보지 못해도, 훗날 좋은 추억이 유성우처럼 마음에 빛을 내며 떨어질 것이다. 별똥별은 보지 못했지만 내가 그날을 여전히 기억하고 있는 것처럼 말이다.

세 페 이 드

변 광 성

영어 시간이었다. 선생님과 교과서에 나온 영어 지문을 같이 읽고 있는 중이었다. 그날따라 영어 지문에는 처음 보는 단어들이 가득했다. 그 단어들이 낯선 것은 나뿐만이 아니었나 보다. 곱슬머리인지 파마를 한 것인지 분간할 수 없는 머리를 한 영어 선생님은 특이하게 학생들을 바라보지 않고 저 멀리 벽을 응시하며 수업을 하는 분이었는데, 지문을 읽고 나자 선생님의 튀어나올 듯 큰 눈이 벽이 아니라 나를 향하는 것이 느껴졌다.

"아, 그래. 주원아."

"네?"

"네가 천문학과에 가고 싶다고 했지?"

"어… 네."

"그럼 이 단어가 뭔지 공부해서 우리에게 알려 줄래?"

그 순간 두 가지 생각이 내 머리를 스쳤다. 첫 번째는 천문학과에 가겠다는 내 목표를 어째서 다른 반 담임 선생님이 알고 있냐는 것이었고, 두 번째는 천문학과에 가겠다고는 했지만 내 앞에 놓인 이 단어가 도통 뭔지 모르겠다는 것이었다. 친구들에게 제대로 설명할 수 있어야 한다는 부담감이 일었지만 그보다는 알아보고 싶다는 마음이 더 컸다. 조심스럽게 고개를 끄덕이며 그러겠다고 대답했다.

그날 영어 지문에서 본 단어는 "Cepheid variable", 세페이드 변광성이었다. '변광성'은 말 그대로 별빛의 밝기가 변하는 별이다. 시간에 따라서 어두워졌다가 밝아지기를 반복한다. 영원히 변하지 않을 줄 알았던 별이 밝았다가 어두워지는 걸 직접 본 사람들은 얼마나 놀랐을까. 옛날 사람들은 악마가 별을 삼켰다가 뱉어서 별의 밝기가 변하는 줄 알았단다. 그래서 페르세우스자리에는 '악마의 별'이라는 뜻의 '알골'이란 이름이 붙은 변광성도 있다.

물론 우주에 별을 삼킬 만큼 거대한 악마가 있을 리 없다. 별의 밝기가 변하는 이유는 크게 세 가지다. 첫 번째는 별을 가리는 무언가가 있기 때문이다. 영화관에 갔을 때 앞자리에 키가 큰 사람이 앉거나 앞사람이 의자에 깊숙이 앉지 않아서 화면이 가려져 짜증났던 기억이 다들 한 번쯤은 있을 것이다. 이와 마찬가지로 또 다른 별(또는 행성) B가 A 앞을 지나가다 A를 가린다면, 우리는 A에서 오는 빛을 제대로 볼 수 없게 된다.

문제는 A의 밝기가 한 번만 변하는 게 아니라 깜빡깜빡하며 밝아지고 어두워지기를 일정하게 반복한다는 것이다. B가 왔다 갔다 춤이라도 춘다는 말인가? 천문학자들은 B가 A 주위를 돌고 있어서 주기적으로 A의 앞을 가린다는 걸 알아냈다. 이렇게 별이 무언가에 의해 가려지는 일을 '식 현상'이라고 하는데(개기일식이나 개기월식에 들어가는 '식'과 같은 한자다), 식 현상으로 인해 밝기가 변하는 변광성을 '식 변광성'이라고 부른다.

두 번째는 별에 심상치 않은 일이 벌어졌기 때문이다.

옛날 사람들은 갑자기 하늘에서 반짝하고 나타난 별을 '새로 태어난 별'이라고 해서 '신성' 또는 '초신성'이라고 불렀다. 그러나 별들이 갑자기 밝아진 것은 새로 태어났기 때문이 아니라 죽음에 이르렀기 때문이다. 별은 조용히 죽지 않는다. 태양보다 수십, 수백 배 무거운 별이 죽음에 다다르면 거대한 폭발을 일으키는데, 이것을 '초신성 폭발'이라고 부른다. 초신성은 폭발 현상으로 밝기가 변하는 '폭발 변광성' 중 대표적인 케이스다. 별이 폭발하면 갑자기 밝아졌다가 천천히 어두워진다. 흔치 않은 일이기에 초신성 폭발은 아주 옛날에도 기록으로 남아 있다. 최초의 기록은 중국의 천문학자들이 남겼는데, 그 시기가 무려 서기 185년이다.

별의 밝기가 변하는 세 번째 이유는, 납득하기 어려울지 모르겠지만 별의 크기 변화이다. 아직까지 그 이유가 정확하게 밝혀지진 않았으나 별의 내부 사정이 불안정해지면 별은 주기적으로 커지고 작아진다. 원인이 확실하지 않으니 비유를 하기도 어려운데, 이불을 덮으면 덥고, 걷으면 추워서 이불을 덮었다 걷었다를 반복하는 상황이라고 상상하면 쉬울 것 같다. 심장처럼 수축하고 팽창한다고 해서 이런 변광성을 '맥동 변광성'이라고 부른다. 내가 영어 지문에서 맞닥뜨린 세페이드 변광성도 맥동 변광성에 속한다.

세페이드 변광성은 밝기가 변하는 주기가 1일에서 50일 사이로 다양하다. 밤하늘의 등대처럼 깜빡거리며 우주 어딘가로 신호를 보내는 이 별이 영어 교과서에 등장한 건, 단순히 깜빡거려서가 아니다. 이 별들이 가지고 있는 특성 덕분에 우주에서 먼 거리를 잴 수 있게 됐기 때문이다. 세페이드 변광성은 인류가 알고 있던 작은 우주를 확장시킨 혁명의 횃불이나 다름없다.

세페이드 변광성을 조사하던 여성 천문학자 헨리에타 스완 리비트Henrietta Swan Leavitt는 세페이드 변광성의 밝기와 깜빡거리는 주기 사이에 관계가 있다는 것을 알게 됐다. 깜빡거리는 주기가 길수록 더 밝았고, 주기가 같은 세페이드 변광성들은 밝기도 같았던 것이다. 자 그럼, 질문. 두 개의 세페이드 변광성이 있다. 이 두 별은 깜빡이는 주기는 같은데, 어느 한 별이 훨씬 어둡다. 이건 무엇을 의미하는 것일까? 바로 어두운 별이 훨씬 더 멀리 있다는 것을 뜻한다. 이렇게 세페이드 변광성을 통해 멀리 있는 것들의 거리를 가늠할 수 있게 됐다. 천문학자 에드윈 허블Edwin Hubble은 세페이드 변광성으로 우리 은하의 바깥에도 새로운 은하(수십억 개의 별과 천체들이 모인 집합체. 별이 한 명의 사람이라면, 은하는 한 국가라고 볼 수 있다. 우주에는 1천억 개가 넘는 은하가 있다고 알려져 있다)들이 있다는 것을 밝혀내기도 했다.

별의 밝기가 변한다는 것도, 별의 크기가 변한다는 것도 알지 못했던 고등학생의 나는 이런 새로운 지식들을 쉽게 받아들이지 못했다. 아마 나의 우주는 지동설을 받아들이지 못하던 중세 사람들의 우주만큼이나 작았던 것 같다. 일주일은 빠르게 흘러 다시 영어 시간이 되었고, 선생님은 내가 설명할 수 있도록 자리를 비켜 주었다. 칠판에 별이 커졌다 작아지는 모습을 그리며 열심히 설명을 해 보았지만, 반 친구들과 선생님 역시 '저게 도대체 무슨 소리인가' 싶은 얼굴을 하고 있었다(지금 당신의 얼굴이 이런 얼굴이지 않기를 간절히 바라고 있다).

아인슈타인Albert Einstein이 이렇게 말하지 않았는가. "쉽게 설명할 수 없다면, 그것을 제대로 이해한 것이 아니다"라고. 내가 제대로 이해하지 못했기에 제대로 전달할 수 없었던 것이 분명하다. 나는 멋쩍은 얼굴로 내 자리로 돌아왔다. 지금이라면 더 잘 설명할 수 있을까?

세페이드 변광성을 설명해 보겠다는 미션은 실패로 끝이 났지만, 덕분에 나는 아주 당연한 사실을 또 한 번 깨닫고야 말았다. 우주는 정말 크고, 또 어렵다는 사실을.

네버 엔딩 스토리

수시 원서를 써야 하는 시간이 찾아왔다. 우리나라에 천문학을 가르치는 대학교가 몇이나 될까? 찾아보니 대략 7개쯤 됐다. 애초에 수시 전형으로 대학을 갈 수 있을 거라고 생각하지도 않았고, 7개의 대학 중 내가 쓸 수 있는 대학은 얼마 되지 않아서 딱 두 개의 원서를 썼다. 그중 한 대학은 수능을 보기 전에 논술 고사를 치러야 했다.

아직도 그 날짜를 기억한다. 10월 18일. 엄마와 나는 논술 시험 전날에 비행기를 타고 김포공항에 내려 대학이 있는 지역으로 이동했다. 우리는 그 근처의 호텔에서 자기로 했다. 학교까지 가는 길을 잘 몰라서 호텔 직원에게 물어봤는데, 마침 나처럼 시험을 보는 학생들이 호텔에 묵고 있으니 내일 아침에 로비로 오면 호텔 차량을 이용해 학교까지 태워다 주겠다고 했다.

아침을 먹고 로비에 나와 보니 이미 예닐곱 명의 학생과 그들의 보호자들이 차량을 기다리고 있었다. 곧이어 호텔 이름이 적힌 하얀색 승합차가 나타났다. 2:8 가르마에 하얀색 연미복 같은 유니폼을 입은 직원이 친절히 차 문을 열어 주며 타라고 했다. 나는 엄마에게 불안한 눈빛을 보내며 차에 탔다. 백미러에 비치는 직원의 머리가 반짝반짝 빛나서, 저 사람은 스프레이 한 통을 쓰는 데 얼마나 걸릴까 따위의 생각을 하다 보니 어느새 차는 멈춰 있었다.

2:8 가르마를 한 직원이 역시 차 문을 열어 주며 내리라고 했다. 지나가던 사람들은 호텔 차량에서 내리는 우리가 신기했는지, 아니면 직원이 눈에 띄어선지 우리 쪽을 흘끗 쳐다보았다. 대학 정문 앞에 덩그러니 남겨진 나는

이제는 알아서 고사장까지 가야 했다. 사람이 너무 많고 안내판은 보이지 않았다. '어… 어떻게 하지?' 하다가 무작정 사람이 많이 가는 쪽으로 갔는데, 정말 다행히도 내가 시험을 치를 고사장이 나왔고 무사히 자리를 찾아 시험지를 받았다.

몇 시간 뒤, 시험지를 제출하고 이번에도 역시 사람들이 많이 가는 쪽으로 터덜터덜 걸어 나갔다. 시험이 너무 어려웠다. 판타지 소설을 한 편 쓰고 나온 것 같아서 얼굴이 화끈거리고 패배감이 들었다. 나만 시험이 어려웠던 건 아니었는지, 앞뒤에서 탄식과 "망했다"라는 소리가 자주 들렸다. 조금 위안이 됐다. 내가 시험을 치르는 사이, 엄마는 체크아웃을 하고 정문 앞에서 나를 기다리고 있었다. 우리는 근처 회전 초밥 집에 가서 초밥을 먹었다. 입맛이 없었다.

엄마는 내 속도 모르고 시험은 잘 봤냐고 계속 물었다. 결국 엄마한테 짜증을 내고 말았다. 엄마가 무슨 죄가 있다고 엄마에게 짜증을 냈을까. 우리는 침묵으로 식사를 마무리했고 공항으로 가는 택시 안에서도 한마디도 하지 않았다. 택시 안 라디오에서는 부활의 〈네버 엔딩 스토리〉가 흘러나오고 있었다. 나도 모르게 눈물이 주르륵 흘렀다. 영화와 같은 일들은 나에게 일어나지 않을 거라는 생각에.

친구들에게 "망했지만 괜찮아. 나는 정시파야"라고 호기롭게 말했다. 그런데 수능도 망치고 말았다. 고등학교 3년간 본 시험 중에서 제일 못 봤다. 담임 선생님은 임시 성적표를 주시면서 무서운 얼굴로 "수시도 안 되면 재수를 생각해 봐야겠다"라고 말했다. 더러운 세상! 모든 것이 망했다는 생각에 신문과 잡지에서 스크랩해서 책상 앞에 붙여 둔 천문학자 인터뷰들을 다 떼 버렸다. 설상가상으로 수능 후 며칠 뒤에 본 두 번째 수시 논술 고사에서도 고배를 마시고 말았다. 이제 나에겐 2:8 가르마의 직원이 데려다준 그 대학밖에 남아 있지 않았다.

3년간 혼자 살았던 아파트를 정리하고 부모님 집으로 돌아갔다. 아침에 일어나서 해가 뜨면 부모님과 밭으로 나가서 브로콜리를 수확하고 점심을 먹고 해가 질 때까지 같은 일을 반복했다. 그마저도 제대로 하지 못해서 아빠에게 자주 혼났다. 저녁을 먹고 나면 침대에 누워 노래를 들으며 천문학 책을 뒤적거렸다. 친구들은 교복을 벗고 화장을 하고 귀를 뚫고 가 보지 못한 곳을 가는 동안, 나는 차갑고 날카로운 바람이 부는 브로콜리 밭이나 침대 위에 있었다.

어느덧 시간이 흘러 수시 발표일이 되었다. 시험은 잘 보지 못했지만 혹시나 하는 생각에 발표 시간이 한참 남았는데도 홈페이지 새로 고침 버튼을 계속 눌러 댔다. 그리고 드디어 운명의 시간. 덜덜 떨리는 손으로 내 정보를 적고 확인 버튼을 눌렀다. 결과는? 놀랍게도 합격이었다. 나는 골목 전체가 들을 수 있을 정도로 커다란 함성을 질렀고, 내 목소리에 달려온 엄마는 옆에서 눈물을 훔치셨다. 곧장 담임 선생님께 전화를 걸어 합격 소식을 전하자 "그래? 잘됐다이"라는 간단한 대답이 돌아왔다(이 선생님은 내가 천문학과에 가겠다고 하자 "참 너 같은 거 골랐다"라고 말한 그분이다).

솜씨 없는 브로콜리 수확 아르바이트생에 지나지 않았던 나는 드디어 예비 대학생으로 신분 상승을 할 수 있었다. 대학 등록금과 입학금, 기숙사 생활비 등 생각해야 할 것이 넘쳐났지만 천문학자에 한 발자국 더 가까워졌다는 것을 생각하면 그런 문제들은 사소한 것에 지나지 않았다. 사방이 바다로 막혀 있는 섬을 떠나 새로운 세상으로, 그리고 우주로 가게 될 나의 이야기는 아직 끝나지 않았다고, 이제 시작이라고. 수시 시험을 치던 날 택시에서 들었던 〈네버 엔딩 스토리〉가 다시 내 귀에 울려 퍼지고 있었다.

일단은 준비운동부터!

아직 차가운 기운이 만연한 3월. 검은 코트에 단발머리를 한, 고등학생의 티를 채 벗지 못한 나는 두꺼운 미분적분학 교과서를 들고 강의실로 들어갔다. 강의가 시작하려면 아직 10분이나 남았는데, 강의실은 이미 신입생들로 북적이고 있었다. 비어 있는 책상 중 적당한 자리에 앉아 조심스럽게 두 눈을 이리저리 굴리며 주변에 앉아 있는 사람들을 살폈다. 온통 모르는 이들 뿐이라 내 시선은 책상에 놓인 전공도서로 향했다. 전화번호부만큼이나 두꺼운 미분적분학 책의 표지에는 뜬금없이 바이올린 사진이 들어가 있었다(설마 바이올린에 있는 적분 기호 모양의 구멍 때문에? 글을 쓰면서 찾아보니 미분적분학 책의 저자가 바이올리니스트이기도 했단다). 표지를 넘기고 목차를 쓱 훑어보니 책의 이름에 걸맞게 정말 미분이 반, 적분이 반이었다. 대학에 오면 미분과 적분은 더 이상 안 봐도 되는 줄 알았는데.

수학을 썩 좋아하지 않았지만 다행히 대학에서 배우는 미분적분학에는 재미를 붙였다. 교수님은 항상 수업이 끝날 때마다 교과서에 나온 연습 문제 중에 어느 것을 풀어오라고 하셨고, 나는 체크한 문제뿐 아니라 다른 문제까지 모두 풀어서 제출했다(그 과제를 받은 교수님은 꽤나 피곤했겠다). 스탠드를 켜고 귀에 이어폰을 꽂은 뒤, 반으로 접은 A4 용지에 문제의 풀이 과정을 세세하게 적고 나면 자정을 훨씬 넘은 시간이 되곤 했는데, 그 고요함 속에서 뿌듯함이 몽글몽글 솟아올랐다.

배워야 하는 건 미분적분학뿐만이 아니었다. 필수로 들어야 하는 수학 강의가 어찌나 많은지. 선형대수학이라는 수업도 들어야 했고, 미분방정식도 들어야 했다. 여기엔 웃픈 이야기가 숨어 있다.

신입생은 입학식 전에, 학생들의 실력을 평가한다는 목적의 영어와 수학 시험을 치러야 했다. 이 시험을 못 봐야 앞으로 대학생활이 편하다는 얘기가 들렸다. 점수가 낮아야 쉬운 강의를 들으면서 편하게 학점을 딸 수 있다나. 나는 내 실력대로 시험을 치렀고, 미분적분학 수업과 영어 심화반에 들어가게 됐다. 그런데 나중에 알게 된 사실은, 그 첫 시험에서 점수가 낮게 나온 학생들은 미분적분학이 아니라 기초 미분적분학 수업을 들어야 했고, 그 수업을 통과하고 나서야 미분적분학 수업을 들을 수 있다는 것이었다. 게다가 영어 기초반은 상대평가여서 정해진 학점 비율이 있었던 반면, 영어 심화반은 절대평가여서 오히려 높은 학점을 받기가 쉬웠다. 몇몇 친구들은 '이럴 줄 알았으면 시험을 제대로 볼 걸'이라 말했지만, 그중 어떤 친구들은 기초 미분적분학을 통과하는 데도 꽤 오랜 시간이 걸리기도 했다. 수학, 영어 외에 일반 물리학과 일반 화학 수업도 들어야 했다. 배운 건 많았던 것 같은데 기억에 남는 건 물리 교수님이 "용수철이란 용의 수염에서 유래한 말"이라는 말밖에 없다. 정작 배우고 싶었던 천문학은 학기 내내 구경도 할 수 없었다. 내가 이러려고 바다 건너 유학(?)을 온 게 아닌데.

당시에는 대학에서 물리, 화학, 수학, 천문학 전공을 하나의 '학부' 단위로 학생들을 뽑아 관리했었다. 지금 생각해 보면 대학에 입학하고 1년은, 본격적으로 각 학과의 전공수업을 듣기 위한 준비 단계였다. 바벨을 지고 스쿼트를 하기 위해선 일단 맨몸으로 스쿼트를 잘해야 하는 것처럼 말이다. 차라리 정말로 스쿼트라도 열심히 했다면 체력이라도 좋아졌을 텐데, 나는 어리고 겁 많고 심지어 현명하지도 않아서 어영부영 1년을 흘려보냈다. 이 시간이 혼란스러웠던 건 나뿐이 아니었던지, 눈이 초롱초롱했던 동기들은 수업에 들어오지 않거나 사라졌고, 다시 수능을 준비한다는 소식도 들려왔다.

늦은 가을, 여전히 천문학을 배우기 원했던 나와 동기들은 학부 사무실로 찾아가 원하는 학과를 적은 종이를 제출했다. 내가 적어 낸 '우주과학과'는 다행히 정원 미달이어서 바로 합격이었지만, 인기가 많았던 화학과는 인원이 초과되어 떨어진 이들은 울며 겨자 먹기로 자리가 남은 학과에 들어가야 했다.

그해 겨울, 신종플루가 휩쓴 대학은 어수선한 분위기에 서둘러 학기를 마무리했다. 방학에도 학교 기숙사에 남아 있기로 했던 나는 이삿짐이 빠져나가고 북적이던 캠퍼스가 고요에 잠기는 것을 바라보았다.

낭만 같은 건 넣어 두시고요

"천문학과요? 와, 진짜 멋있네요."

"뭐가요?"

"차에 망원경 싣고 별 보러 다니는 사람들 멋있잖아요."

"아… 그렇죠. 하하."

천문학과가 별 보러 다니는 사람들이 있는 곳이라고? 아니, 별자리 운세를 묻지 않는 걸 다행이라고 해야 하나. 제대로 설명해 볼까 하다가 말이 길어질 것 같아 웃으며 대화를 서둘러 마무리했다.

많은 사람들이 천문학과에서는 별을 본다고 생각하겠지만 사실, 대학을 다니면서 별을 본 적은 거의 없다. 나는 대학 수업 시간 중에 천체 관측을 한 적이 없고, 학교 안의 오래된 망원경은 이미 기능을 상실한 지 오래였다. 별자리를 알기는커녕 별을 본 적도 없다. 별 볼 시간이 어디 있나? 눈앞에 놓인 천문학 전공서만 봐도 머리에 별이 핑핑 도는데.

천문학과에서 별을 안 보면 도대체 뭘 하냐고? 밤하늘 아래 망원경을 세워 둔 고독한 천문학자의 모습을 여전히 떠올리는 사람이 있다면, 일단 낭만 같은 건 넣어 두자. 대포만 한 렌즈를 장착한 카메라를 들고 아이돌 그룹을 따라다니며 사진을 찍고 보정을 하는 팬들이 차를 몰고 별을 보러 가는 사람이라면, 천문학자는 아이돌 그룹을 기획하고 시장을 분석하여 다음 콘셉트를 선정하는 기획사 직원과 같다고 할 수 있다. 천문학자는 아름다운 밤하늘 사진보다 별에서 얻은 데이터와 그로 인해 새롭게 알게 된 사실을 알리는 데 더 큰 희열을 느끼는 사람들이다(물론 그들도 별이 아름답다고 생각할 테지만).

미분적분학을 비롯한 기초 강의를 듣고 드디어 '전공 수업'을 받게 된 나와 동기들은 우리 앞에 닥친 새로운 퀘스트에 "아! 또!"를 외칠 수밖에 없었다. 수학과 물리는 이제 그만 봐도 서운하지 않을 것 같은데, 이게 웬일이람. '수리물리학'이라는 끔찍한 혼합 과목이 등장한 것이다. 그제야 알았다. 수학과 물리는 한 몸이었다는 것을…. 나와 친한 동기 D와 H는 수학 꽤나 잘한다는 선배 한 명을 붙잡고 한 학기 내내 과방에서 수리물리학 스터디를 했다. 덕분에 수리물리학 1 수업에서 D와 나, 단 둘만 A+ 학점을 받았다. 그때 나는 내 천재성이 뒤늦게 발휘된 줄 알았다.

나와 D는 자신만만하게 4학년 권장 과목이었던 수리물리학 2를 2학년 2학기에 수강했다. 그러나 수리물리학 2와 나 사이에는 통곡의 벽이 있었다. 과제를 할 때마다 '나 따위가 무슨 생각으로 이 수업을 신청했을까!' 하며 참회의 눈물을 흘렸다. 나중에 알고 보니 수리물리학 2는 양자역학에 관련된 내용이었기 때문에 양자역학을 모르는 2학년에게는 맞지 않는 수업이었다. 수리물리학 외에도 '과학인 줄 알았지만 사실은 수학'이었던 전자기학, 역학, 열역학, 현대물리학, 양자역학 등의 수업을 들었다. 무엇도 쉽지 않았고, 누구에게도 쉽지 않았다. 동기와 선후배들의 도움을 받으며 매 학기마다 통곡의 벽을 넘었다.

울면서 과제를 하는 것에 익숙해질 때쯤, 새로운 퀘스트가 등장해 나를 괴롭혔다. 바로 프로그래밍 수업. 요새 컴퓨터로 하지 않는 일이 어디 있냐만은, 천문학자들은 별보다 모니터를 더 많이 본다. 망원경으로 관측한 데이터를 컴퓨터로 처리해서 원하는 정보만을 뽑아내야 하기도 하고, 실제로 보지 못하는 우주를 시뮬레이션으로 구현해야 하기 때문에 천문학자들에게 코딩 실력은 필수적이다. 그래서인지 미국이나 다른 나라의 데이터 사이언스 관련 기업에서는 천문학과 출신을 두 팔 벌려 환영한다고 한다. 우리나라에선 여전히 별 보러 다니는 낭만파 정도로 여겨지지만.

초등학생 때부터 컴퓨터 관련 자격증을 따고 나름 컴퓨터를 좋아한다고 생각했던 나는, 코딩은 그와는 다른 차원의 일이라는 걸 금세 알게 되었다. 처음에는 '아니, 컴퓨터는 이렇게 하나하나 알려 줘야 된다고?'라는 생각이 들기도 했지만, 컴퓨터가 생각하는 방식을 따라가는 건 사람의 마음을 이해하려고 노력하는 것만큼이나 흥미로운 일이었다. 게다가 컴퓨터는 사람처럼 속이 배배 꼬이거나 앞뒤가 다른 경우가 없고, 무언가가 잘못되면 잘못되었다고 속 시원히 알려 줬기에 차라리 컴퓨터가 낫다는 생각이 들 때도 있었다. 아, 이건 어디까지나 알파고를 알기 전까지의 생각이다. (알파고는 날 보고 '얘는 이걸 이렇게 하나하나 알려 줘야 된다고?'라고 생각할지도 모른다.)

그런데 내가 봤을 때 천문학을 공부하는 사람들을 괴롭히는 가장 큰 적은 수학도, 프로그래밍도 아닌 바로 '영어'인 것 같다. 전공서들이 모두 영어로 되어 있어서, 과제를 하려고 해도 문제 자체를 이해하지 못하면 풀 수가 없었다. 다행스럽기도 하고 재밌기도 했던 건, 하나씩 재능이 있는 선후배와 동기들이 있었다는 것이다. 수학을 잘하는 사람과 컴퓨터를 잘하는 사람과 영어를 잘하는 사람, 그리고 나처럼 평범한 사람들이 모여 토론하며 과제를 하고 시험공부를 했다. 이쯤 되면 나는 무엇을 잘했는지 궁금해하는 사람도 있을 것 같은데, 나는 재야에 숨은 고수들을 잘 찾아내는 능력이 있었다. 어벤져스를 한데 불러 모은 닉 퓨리 국장 같은 존재였다고나 할까…. 농담이고, 대학생 때의 나는 뭔가를 잘한다고 자신 있게 말하기엔 모든 면에서 어설펐다.

아무튼 천문학과에선 뭘 배우냐는 질문에 여기까지 대

답했다간 상대가 '괜히 물어봤다'는 듯한 표정을 짓는 일이 다분하기에, 오늘도 나는 가볍게 미소를 지으며 대답한다. "이것저것 배우죠, 뭐."

누가 우주론 소리를 내었는가

학교 정문 맞은편에 있는 낡은 호프집에 열댓 명의 여학생들이 모여 앉았다. 그들은 생맥주와 안주 몇 개를 시키더니 안주가 나오기도 전에 나무 그릇에 든 알록달록한 뻥튀기에 손을 뻗기 시작했다. 이들이 모인 것은 우리 과의 오래된 전통인 여학생 총회가 있는 날이었기 때문이다. 대부분의 이공계열 학과가 그러하듯 우리 과도 예전부터 여학생 수가 매우 적었고, 거친 대학 생활을 이겨 내려면 적은 수의 사람들끼리 똘똘 뭉쳐야 한다고 해서 만들어진 것이라 들었다. 그래서인지 신입생을 제외하면 다들 높은 전투력을 보유하고 있다.

어색한 기류를 깨고 한 선배가 맞은편에 앉은 신입생을 쳐다보며 물었다. "넌 왜 우리 과에 왔어?" 신입생이라면 응당 거쳐야 하는 질문 중 하나다. 신입생은 약간 당황하는 기색을 보이더니 이런저런 이유로 왔다고 말한다. 자신이 이곳에 온 이유와 비슷했는지 몇 사람이 고개를 주억거렸다. 그의 대답을 듣고 나이가 좀 있는 선배가 묻는다. "그럼, 넌 대학원 갈 생각도 있어?" 이제 막 대학에 들어온 신입생에게 대학원생이 될 마음이 있냐는 잔인한 질문을 하다니. 그러나 그들 역시 대학원은 신성하고 아름다운 학문의 장인 줄만 알았을 것이다.

신입생은 그러고 싶다고, 천문학자가 되는 게 꿈이라고 대답했다. 그 대답을 들은 다른 선배가 눈을 반짝이며 마지막 질문을 던진다. "진짜? 무슨 연구 하고 싶어?" 테이블 어딘가에서 궁지에 몰린 신입생을 바라보는, 이제 대학 생활에 어느 정도 익숙해진 나는, 그가 내가 생각하는 단어를 내뱉지 않기를 안타까운 마음으로 바라고 있다. 신입생은 조심스럽게 맥주를 한 모금 마시더니 기대감이 가득한 얼굴로 그 단어를 내뱉었다. "우주론이요." 아. 나는 나지막이 탄식을 내뱉으며 벌컥벌컥 맥주를 들이키고 만다.

'우주론'은 모르는 이의 사진 앨범을 들여다보는 일과 비슷하다. 이게 무슨 뚱딴지같은 소리냐고? 앨범 속의 사진들을 보며 사진 속 주인공이 어떻게 성장하고 어떤 삶을 살았는지 (정확히는 아니더라도 대충은) 파악할 수 있는 것처럼, 우주론은 우주에서 발견되는 현상과 천체들을 종합해서 우주가 어떻게 탄생했고 진화했는지를 밝히는 학문이다. 우주론을 연구하는 천문학자들은 현재 우주의 나이라고 밝혀진 138억 년의 시간 안에서 아직 밝혀지지 않은 우주의 진실에 가까워지기 위해 사진과 사진 사이의 '공백'을 메꾸려 노력 중이다.

1920년대만 하더라도 인간이 알고 있는 우주는 매우 작았다. 인류는 그들이 몸담고 있는 '우리 은하'가 우주의 전부인 줄 알았다. 우리 은하가 우주의 전부가 아니라는 것을 밝힌 사람은 에드윈 허블이라는 천문학자다. 지구 밖에서 우주를 관찰하는 '허블 우주 망원경'의 허블은 그의 이름에서 왔다. 그는 안드로메다 성운을 관측하다가 그 안에서 세페이드 변광성을 발견했다. 세페이드 변광성의 특성을 통해 안드로메다 성운까지의 거리를 구했는데, 허블은 자신이 큰 발견을 했다는 걸 깨달았다. 지구에서 안드로메다 성운까지의 거리가 우리 은하의 크기보다 더 컸던 것이다. 인류는 안드로메다 성운은 우리 은하 안에 있는 성운이 아니라 우리 은하 밖의 또 다른 은하이며, 우주는 알고 있던 것보다 훨씬 광대하다는 것을 새롭게 알게 되었다.

당시 아인슈타인을 비롯한 저명한 과학자들은 우주가 정지한 상태라서 더 이상 커지지도 않고 작아지지도 않을 거라고 주장했다. 여기서 허블은 다시 한 번 큰일을 해낸다. 수십 개의 은하를 관측한 결과, 멀리 있는 은하일수록 우리 은하와 빠르게 멀어지고 있음을 밝힌 것이다. 이는 우주가 정지한 것이 아니라 팽창하고 있다는 것을 보여주는 확실한 증거였다. 이것이 바로 허블-르메트르 법칙이다('허블의 법칙'이라고 불렸으나, 허블보다 먼저 주장한 조르주 르메트르Georges Lemaître의 업적을 인정해서 2019년부터는 허블-르메트르 법칙이라고 불리고 있다). 인류는 다시 한 번 우주가 그들이 생각하는 것보다 훨씬 광대할 뿐만 아니라, 매 순간(당신이 이 글을 읽고 있는 지금도 여전히) 커지고 있다는 걸 알게 되었다.

그럼 시간을 거꾸로 돌린다면 어떻게 될까. 우주의 크기가 불규칙하게 변한 게 아니라 꾸준히 커진 거라면, 분명히 138억 년 전에는 작은 한 점에 불과하던 때가 있지 않을까? 천문학자들은 지금처럼 거대한 우주를 만들기 위해서 그 한 점에 엄청난 에너지가 모여 있었을 거라고 생각했다. 커다란 나무도 작은 씨앗이었던 때가 있었듯이 말이다. 이 작은 점에서 폭발이 일어나 지금의 우주를 만들었을 거라는 이론이 바로 '빅뱅이론'이다. 지금은 빅뱅이론이 우주의 탄생을 설명하는 가장 확실한 이론이지만, 1900년대 중반까지 썩 인기가 없었다. '빅뱅'이라는 이름도 반대파 천문학자 덕분에 만들어졌다. 그가 라디오에 출연해서 빅뱅이란 단어를 처음으로 썼기 때문이다(내가 보기에 '빅뱅'은 천문학사를 통틀어 그나마 가장 잘 지은 이름인 것 같다). 빅뱅이론을 주장하는 자들은 그들이 맞다는 걸 증명할 확실한 증거가 필요했다.

우주가 폭발로 생겨났다는 증거를 어디서 찾을 수 있을까? 아니, 그 전에 한번 이런 상상을 해 보자. 당신은 방금 고단한 하루를 마치고 집으로 돌아왔다. 손을 씻기 위해 화장실 문을 열었는데, 누군가가 얼마 전에 샤워를 했다는 사실을 알았다. 어떻게? 문을 열었을 때 훅 끼친 열기, 그리고 바닥과 거울에 맺힌 물방울 때문이다. 물론 양말을 축축하게 만든 젖은 슬리퍼도 한몫했을 것이고. 뜨거운 수증기가 식어 물방울이 맺힌 화장실처럼, 폭발 직후 뜨거웠던 우주도 138억 년의 시간을 거치며 차차 식어 갔을 것이다. 이 흔적을 찾으면 '우주는 대폭발로 만들어졌다'는 말은 더 이상 우스갯소리가 되지 않을 것이었다.

문제는 엉뚱한 곳에서 해결됐다. 미국의 통신기업인 AT&T가 설립한 벨 연구소의 전파 천문학자였던 아노 앨런 펜지어스Arno Allan Penzias와 로버트 우드로 윌슨Robert Woodrow Wilson은 연구소의 안테나를 테스트하고 있었다. 안테나에서는 정체를 알 수 없는 잡음이 잡혔다. 안테나를 고치고 청소를 하고 비둘기가 싼 똥을 치워도 잡음은 계속됐다. 이쯤 되면 안테나가 고장 난 것 같다며 새 안테나로 바꿔 달라는 구입 건의서를 쓸 법도 한데, 두 전파 천문학자는 잡음이 우주에서 오는 신호일지도 모른다는 생각에 안테나에서 받은 데이터를 우주론을 연구하던 천체 물리학자들에게 보냈다.

누군가에게는 의미 없는 잡음이었겠지만, 천체 물리학자들은 그것의 가치를 알아챘다. 그 잡음은 단순한 잡음이 아니라 빅뱅이론 지지자들이 그토록 찾던, 우주가 한 때 열렬히 뜨거웠던 흔적이었던 것이다. 태초의 강렬한 에너지는 138억 년 동안 식어서 마이크로파(전파보다는 강하고 적외선보다는 약한 에너지를 가진 빛. 전자레인지에서 음식을 데울 때 사용된다. 전자레인지를 영어로 '마이크로 웨이브'라 부르는 이유이다!)가 되었고, 여전히 우주에 있었다. 의도하지 않았지만, 펜지어스와 윌슨은 우주가 폭발해서 만들어졌다는 주장을 뒷받침하는 결정적인 증거를 발견해 버렸고, 그들은 1978년에 노벨 물리학상까지 받게 된다. 그 후 관측 기술이 좋아지면서 우주의 현재 온도는 약 2.73K(섭씨 약 −270도)라는 것이 밝혀졌고, 빅뱅이론은 우주론의 승자가 되었다.

그리고 2011년, 세 명의 천문학자로 인해 인류의 우주는 다시 한 번 주목을 받게 된다. 이 세 명의 천문학자는 우주가 일정한 속도로 팽창하는 것이 아니라 점점 빠르게 팽창한다는 증거를 발견하여 노벨 물리학상을 받았다. 자동차 엑셀에서 발을 떼면 차가 느려지듯이, 대폭발 후에 별일이 없었다면 우주의 팽창 속도가 줄어드는 게 자연스러운 일인 것 같은데 오히려 더 빨리 팽창하고 있다니. 이게 무슨 소리일까?

우주의 가속 팽창을 설명하기 위해 등장한 것은 '암흑 에너지'이다. 까매서 그런 게 아니라 정체가 드러나지 않아서 그런 이름이 붙었다. 내가 대학생일 때까지만 하더라도 이 암흑 에너지는 우주가 수축하는 걸 막고 팽창하게 만드는 원인이라고 배웠는데, 최근에는 암흑 에너지라는 것은 없다는 주장을 펼치는 과학자들도 나타났다.* 정답이 무엇인진 알 수 없지만, 인류의 우주는 이전과 같지 않을 것이라는 건 확실해 보인다.

내가 설명한 것들은 수많은 천문학자들이 138억 년 동안 쌓인 앨범에서 찾아낸 대표적인 사건들일 뿐이다. 우주론은 천문학에 관심이 있는 사람이라면 누구나 흥미를 가질 만한 매력적인 주제이지만, 누구나 도전할 수 있는 분야는 아니다. 그만큼 어려운 주제다. 폭발 후에 수소와 헬륨이 만들어지고, 첫 번째 별을 만들고 첫 번째 은하를 만들고 현재의 지구까지의 일을 여기서 얘기해 버린다면, 당신 역시 다음 페이지를 읽는 것을 포기해 버릴지도 모

---

* 강이정, 이영욱, 김영로, 정철, 이창희. (2020) "Early-type Host Galaxies of Type Ia Supernovae. II. Evidence for Luminosity Evolution in Supernova Cosmology", The Astronomycal Journal, 889, 8

른다. 그러니 아쉽지만 우주론 이야기는 여기서 마무리하기로. 살짝 알아야 더 매력적인 것도 있는 법이니까.

별을 보지 않아도 된다고?

대학원에서 천문학을 계속 공부하고 싶었던 나에게 고민거리가 하나 생겼다. 그건 바로 밤샘 관측. 밤을 새우는 걸 극도로 싫어하는 나에겐 큰 문제였다. 밤을 새워 본 적이 거의 없다. 시험 기간에도, 대학교 MT에서도, 피시방에서도 졸리면 모든 것을 종료하고 이불 속으로 기어들어 가야 했다. "지금 천문학을 한다는데, 잠이 대수야?" 하고 말할 수도 있겠지만, 잠을 안 자면 머리가 안 돌아가는데 어떡해요. 하루라도 제대로 못 자면 컵라면이나 커피믹스에 찬물을 부어 버리는 사람인 걸요…. 물론 천문대마다 숙소가 마련되어 있다지만 익숙한 나의 침실과는 비교도 되지 않을 게 뻔하다.

고민에 빠져 있던 중 희소식이 들려왔다. 관측을 안 하는 연구실도 있다는 것이었다! 관측하지 않으면 뭘 하나 했더니 그곳에서 하는 건 '시뮬레이션 연구'였다. 천문학자들이 관측하지 않는다는 것이 낯설게 느껴질 수도 있지만, 우주는 쉽게 갈 수 없고, 저 멀리 있는 것들을 당장 눈앞에서 볼 수 있는 것도 아니니 컴퓨터로 그 세계를 구현해 보려 하는 것은 당연한 일이다. 저 연구실에 답이 있겠다 싶어 겁도 없이 교수님을 찾아가서 일을 하나 맡겨 달라고 졸랐다.

교수님이 나에게 준 과제는 우리 은하 중심에 있는 별들이 어떻게 분포하는지를 알아보는 일이었다. 교수님은 친절하게도 어느 사이트에서 어떤 버튼을 눌러야 데이터를 다운받을 수 있는지 자신의 컴퓨터로 하나하나 알려주셨다. 우리 은하에서 원하는 지역을 입력하면 미국과 칠레에 있는 대형 망원경이 관측한 별의 데이터를 얻을 수 있는데, 별 한 개에서 얻을 수 있는 정보는 30가지였고 내가 설정한 구역에는 40만 개가 넘는 별이 있었다. 한껏 자신 있는 표정으로 알겠다고 대답하고는 연구실 문을 닫고 나와서 가장 먼저 한 생각은 '도망갈까?'였다. 이렇게 데이터가 많은데 나는 데이터 파일을 불러와서 내가 원하는 데이터만 뽑아내는 코드조차 짤 줄 모르는 상태였기 때문이다.

일단 10만 개가 넘는 별의 데이터를 받고, 그 파일을 여는 코드부터 짜기로 했다. 지금이야 쉽게 할 수 있는 일이지만(아니, 코딩을 안 한 지 오래되었으니 한참 걸릴 수도 있겠다), 당시 나는 그 일을 하는 데 무려 '일주일'이라는 시간이 걸렸다. 이렇게 오래 걸린 이유는, 코딩 왕초보인 내가 봐도 쉬운 일인데 못하는 게 너무 자존심이 상해서 누구에게도 묻지 못해서였다. 아무튼 파일을 여는 것부터 시작해서 원하는 데이터를 골라내고… 그런 일을 아주 천천히 해나갔다. 일을 시켰는데 감감무소식이라 교수님은 내가 게으르다고 생각했을 수도 있겠지만 나는 도서관에 앉아 분명 성장하고 있었다. 아주 미세하게.

잘하진 못해도 성실한 모습이 마음에 드셨는지, 대학을 졸업하고 그 연구실에 자리를 잡게 됐다. 대체로 코딩을 잘하는 사람은 조용한 편(아닐 수도 있다)이기 때문에, 우리 연구실은 고요했고 키보드를 두드리는 소리와 이따금 한숨 소리만 들렸다. 그런데 시뮬레이션을 한다고 해서 집에 빨리 갈 수 있는 건 아니었다. '이거 왜 이러지?', '한 번만 더 돌려 보자', '하……'를 반복하다 보면 캄캄해진 캠퍼스엔 풀벌레 소리만 가득했다.

한번은 우리 은하 안에 있는 가스가(은하에 별과 행성만 있는 게 아니다. 가스도 있고 먼지도 있다) 어떻게 진화하는지 알아보는 시뮬레이션을 실행시켰는데, 몇 시간 돌아가고 나면 계산이 자꾸 멈추는 것이었다. 에러 메시지와 코드를 살펴봐도 잘못된 부분을 찾을 수가 없었다. 문제가 있는 것 같은 부분을 수정하고 잠들었다가 새벽에 깨서 결과를 확인하기를 며칠째(누가 시뮬레이션 연구실은 밤 안 새워도 된다고 했어?). 결국 나보다 코딩을 훨씬 잘하는 대학원 동기에게 도움을 요청했고, 그는 답을 찾아냈다. 마침표가 들어가야 할 곳에 쉼표가 들어가서 생긴 일이었다. 얼마나 허탈하고 창피하던지. 그러나 이건 다행인 일이다. 진짜 무서운 건 문제가 있는데도 계산이 문제없이 돌아가는 일이다. 그 문제 있는 결과로 학회 발표를 하고 논문까지 낸다고 생각하면. 어휴.

대학원에 와서 알게 된 사실은 관측 팀에 있다고 해서 꼭 밤을 새울 필요는 없다는 것이다. 물론 국내의 천문대에 방문해서 관측을 해야 한다면 당연히 밤을 새워야겠지만, 해외의 천문대에서 관측하면 시차 때문에 우리나라의 낮 시간(그곳에서는 밤)에 깨어 있게 된다. 게다가 굳이 천문대에 가지 않아도 관측 대상과 원하는 정보 등을 전달하면 관측 데이터를 넘겨받을 수 있었다. 아는 대학원생들이 관측하러 해외 곳곳을 누비는 모습도 꽤 부러웠다. 이럴 줄 알았으면…! 선배들은 "지금이라도 늦지 않았어"라고 말했지만 '이거 왜 이러지?', '한 번만 더 돌려 보자', '하……'를 반복하다 보면 일주일이 지나고, 한 달이 지나고, 일 년이 지나 있었다. 핑계 아니냐고요? 네, 맞아요….

관측 팀에 들어간 내 친구도 역시 컴퓨터 앞에서 대부분의 시간을 보냈다. 천문대에서 얻은 데이터는 보석과는 거리가 먼 원석에 가깝다. 그 원석에서 아름다운 보석을 얻기 위해 디자인을 하고 신중하게 세공하는 것처럼, 데이터에서 원하는 정보를 뽑아내려면 컴퓨터로 여러 가지 처리를 해야 한다. 나와 친구는 서로의 분야에 대해 아는 것이 별로 없었으므로, 서로가 일이 잘 안 풀릴 때는 상대의 모니터를 말없이 바라보다 "매점이나 가자"라는 말밖에 해 줄 수 있는 게 없었다.

'시뮬레이션'이란 말이 어렵게 들리지만, 결국 실재하는 대상에 최대한 가까워지려는 노력이다. 조리법을 모르는 음식을 최대한 비슷한 맛으로 구현해 내기 위해 이것저것 시도하는 것과 같은. 이 세상에 우주를 똑같이 재현할 수 있는 시뮬레이션은 없고, 앞으로도 나오기 힘들겠지만, 시뮬레이션은 우주에 갈 수 없는 인간이 우주에 닿기 위한 최대의 노력이라고 생각한다. 나를 비롯한 천체물리 연구실의 식구들은 직접 별을 보진 않았지만, 밤늦게까지 모니터를 밝히며 언젠가는 별처럼 빛나기를 소망했다.

첫 학회의 추억

천문과학관에 근무할 때, 중학생을 대상으로 한 망원경 수업이 있었다. 망원경의 원리와 종류, 전 세계의 망원경 등에 대해 설명하는 프로그램이었다. 빛 중에서 전파를 관측하는 망원경인 전파 망원경에 대한 설명도 해 주는데 VLA[Very Large Array]의 사진을 보여 주며 그곳에 다녀온 경험담을 이야기하곤 했다. 27개의 안테나 중 한 안테나 위에 실제로 올라가 보기도 했다, 엔지니어의 설명을 들었으나 결국 하나도 이해하지 못했다. 그 주변 잔디에 발을 디딜 때마다 수많은 메뚜기들이 발을 피해 뛰어다녔다. 고도가 한라산보다도 훨씬 높은 지역이라(해발 2,124미터) 물과 짠 감자칩을 자주 먹었다 등. 학생들은 한창 망원경 설명에 지루해하다가 이런 경험담을 들려주면 '오, 저 선생님이 뭔데 저런 데를 가 봤지?'라는 표정으로 고개를 들었다. 경험담이 끝나면 다시 지루한 표정으로 고개를 떨군다는 것이 문제지만.

내가 거길 왜 갔냐면, 뉴 멕시코 주의 산타페라는 도시의 라 폰다 호텔에서 학회가 열렸기 때문이다. 우리 은하 중심부에 관련된 연구를 발표하는 자리였다. 당시에 나도 우리 은하 중심부에 놓여 있는 작고 특이한 성단을 연구하고 있었기에 포스터 발표(A0 사이즈 종이에 자신의 연구 결과를 출력하고 판넬에 붙여 자신의 연구를 홍보하는 것. 자신의 포스터를 설명할 수 있는 시간이 주어지기도 한다)를 하러 참여했다. 엄청나게 좋은 학회였고, 남들은 쉽게 가 보지 못하는 미국, 거기서도 뉴 멕시코주에 있는, 차 이름으로만 들어본 그 산타페를 다녀온다니 얼마나 좋겠는가. 그러나 그때 나는 그러지 못했다. 미국으로 향하는 비행기가 결항

되거나, 내 자리만 뚝 떨어졌으면 좋겠다고, 출발할 때까지 눈물을 뚝뚝 흘리고 있었다.

그 학회는 나의 첫 학회였다. 내가 처음으로 내 연구를 발표하는 학회. 나는 미숙했고 담당 교수님은 쏟아지는 학사 일정으로 학회 일정을 착각하고 말았다. 한 달 반 정도 남았을 거라고 생각한 학회는 2주밖에 남지 않았고, 교수님은 그제야 나에게 학회에서 발표할 연구 주제를 넘겨줬다. 시뮬레이션 코드를 만든 선배의 신혼집까지 찾아가서 코드를 인수인계 받았고, 당시 임신 중이라 연구를 쉬고 있었던 선배는 나와 교수님 때문에 무거운 몸을 이끌고 연구실로 찾아와 나를 가르쳐야 했다.

일주일 안에 결과를 만들어야 하고 그다음 일주일 동안은 포스터를 만들고 출국 준비를 해야 했다. 시간이 없었다. 추석 연휴를 반납하고 텅 빈 캠퍼스와 연구실에 혼자 남아 아침부터 밤까지 시뮬레이션을 돌렸다. 다 해 놓고 보니 코드를 3~400개 정도만 돌리고 분석하면 되는 쉬운 일이었는데(심지어 돌려 놓고 놀 수도 있는데!), 경험이 없다 보니 불안에 떨며 끝없이 삽질만 해댔다. 더 막막한 건 도움을 청할 사람이 아무도 없다는 것이었다. 도와줄 사람이 있는데 스스로 해결하는 것과 도움을 청하고 싶은데 아무도 없는 것은 완전히 다른 이야기다. 울면서 연구실에 갔다가 울면서 집으로 돌아왔다(지금도 가을이 되면 그때 생각이 나면서 가슴이 잠시 답답해질 때가 있다).

급하게 만들었으니 결과가 마음에 들 리가 없었다. 결과를 본 교수님은 시간이 없었고 처음 하는 것이니 어쩔 수 없겠다고, 이제 포스터를 만들라고 하셨다. "포스터는 어떻게, 어떤 식으로 만드는 건데요?"라고 물어볼 만한 사람도 없었다. 가장 도움이 되었던 선배는 출산예정일이 얼마 남지 않아 더 이상 괴롭힐 수 없었고, 나는 겨우 대학원 석박사 통합 과정 2학기였다. 그 말은, 내 동기들 역시 학회 발표를 해 본 적이 없다는 뜻이었다. 학회 발표는 보통 3~4학기부터 시작하니까. 내가 선두타자였던 셈이다.

이전 선배들이 만든 포스터를 참고하며 괴발개발 겨우 만든 포스터를 교수님께 메신저를 통해 보내고, 미국으로 먼저 떠난 교수님과 새벽에 통화를 하며 포스터를 수정해 나갔다. 이후에도 억울한 일들이 많았지만, 그건 마음속에 묻어 두기로 한다(궁금한 분들은 직접 물어보세요…). 머릿속에서 엔진이 쉴 새 없이 돌아가는 것 같았고 이러다가 이내 폭발할 것 같았다. 출국 날, 학교 옆 인쇄소에서 포스터를 출력하여 인천 공항으로 향했다.

비행기가 이륙하고 기내가 어두워지자 눈물이 주룩주룩 흘렀다. 내 마음에도, 교수님 마음에도 들지 않는 포스터를 들고 학회에 가고 싶지 않아서 비행기가 회항했으면 좋겠다고 생각했다. 그러나 아주 무사히, 달라스-포트워스 공항에 도착했다. 그리고 8시간을 기다린 뒤에 산타페로 향하는 비행기를 탈 수 있었다.

산타페로 향하는 작은 비행기 안에서 내 옆자리에 앉은 이는 미국인 여자였다. 그녀가 먼저 말을 걸었다. 남자 친구를 만나러 앨버커키에 간다, 남자 친구도 천문학을 하고 싶어 했는데 공학을 하고 있다, 넌 천문학을 한다니 엄청 똑똑한가 보구나(음, 아닐 걸…), 그런 얘기를 했던 것으로 기억한다. 그러다 공항에 거의 다 도착했다는 방송을 듣고 창밖을 바라봤는데 이제까지 내가 본 공항 중에 제일 작았다. 무슨 공항이 파출소보다 살짝 큰 수준이었다. 그래서 내가, "That is the smallest airport I've ever seen!" 뭐 이런 말을 했던 것 같다. 그리고 말을 꺼내고 나서 무언가를 깨달았다.

내가, 포스터에 쓴 단어들이, 모두 스펠링이 틀렸다는 사실을.

문제의 단어는 "smallest"였다. 교수님은 내가 포스터에 쓴 'least'를 smallest로 바꾸라고 말했는데, 변명하자면 극심한 스트레스로 인해 내 뇌는 거의 작동이 되지 않는 상태였고, 출국 당일 새벽까지 전화 통화에 시달리다 결국 오작동을 일으킨 것이다. '아, 이런 단어가 천문학에 쓰이나 보네'라면서 least를 small-least라고 고치고 말았다(어이없는 거 나도 안다. 사람이 바닥으로 떨어지면 머리가 그렇게 될 수도 있다는 걸 나도 그때 알았다). 잠깐 눈을 붙이고 포스터 인쇄를 하고 바로 공항으로 가야 했기 때문에 검토를 거치지 못하고 그대로 인쇄가 되었다. 비행기에서 본 산타페 공항 모습에 smallest라는 단어가 내 입에서 나왔고, 그 단어가 내 귀와 뇌를 통과하며 무엇인가 잘못되었다는 것을 알려 주었다. 어떡해. 망했다. 소설 『마션』의 첫 문장처럼(비속어가 난무하므로 여기에는 적어 두지 않겠다), 나는 완전히… 그렇게 됐다. 아주 많이.

숙소에 도착하자마자 비즈니스 센터부터 찾았다. '아주 망하는 방법도 가지가지네! 여기가 끝인 줄 알았는데 끝이 없네, 끝이 없어! 넌 우리 가족과 우리 대학과 한국인의 수치야!'라고 자학하며 smallest를 인쇄했다. 그 단어는 왜 이렇게 많은지. 더 슬픈 것은 나의 포스터 배경색이 열은 하늘색이어서 덧붙인 하얀색 종이 위의 smallest가 너무나도 티가 났다는 것이다. 그렇게 결과도 망하고 포스터도 망하고 다 망쳤다. 숙소에 들어가니 같이 학회를 간 선배가 나를 안쓰럽게 바라보고 있었다. 선배 역시 추석을 반납했고 출국 전날 부산으로 출장을 다녀왔던 터라 몸과 마음이 너덜너덜한 상태였다. 우리는 둘 다 암울했다. 나는 첫날을 제외하곤 일주일간 잠자리에 들지 못했으며 아프기 시작했다.

생애 첫 포스터 발표이니 포스터 앞에 가서 기념사진도 찍고, 참여한 연구자들에게 내 연구를 소개하고, 다른 연구자들의 연구도 보고, 이야기도 나누어야 했는데 내 포스터 앞에 가기가 싫었다. 꼴도 보기 싫었다. 'smallest'라고 적힌 종이와 번득번득한 테이프로 도배된 내 포스터를 상상하며 아무도 그 앞에 가지 않기를 바랐고, 우선 내가 그 앞에 얼씬도 하지 않았다(라고 썼는데 오래된 사진첩을 살펴보니 포스터를 찍은 사진 1장이 있다. 부끄러우니까 공개하진 않겠다). 학회가 끝나는 날 누구보다도 빠르게 포스터를 패널에서 떼어냈다. 그리고 5년간 펴지 않았다. (여기서 팁 하나. 포스터를 출력하고 나서 수정할 일을 대비하여 포스터의 배경은 하얀색으로 하는 것이 좋다.)

내 포스터와는 달리 학회는 완벽했다. 학회 시작 하루 전날, 학회 측에서 사람들을 모아 영화 〈콘택트〉에 등장한 VLA가 있는 곳으로 단체 관광을 보내 주었다. 버스를 타고 황무지를 지나 도착한 곳에는 인터넷으로만 본 하얗고 커다란 전파 망원경 무리가 놓여 있었다. 우리는 그중 한 안테나 접시 위에 올라갈 수 있었는데, 올라가 보니 꽤 높고 바람도 세게 불어서 고소공포증이 있는 나는 다리가 후들거렸다. 하얀 안전모를 쓴 관계자가 망원경 안의 기기들을 설명해 주었는데, 기기 쪽은 전혀 알지 못했고(게다가 영어였고!), 바람 소리 때문에 뭐라고 하는지 하나도 들리지 않았지만, 열심히 설명하는 모습에 열심히 고개를 끄덕거렸다. 조디 포스터처럼 망원경을 배경으로 사진을 찍어도 좋았을 텐데. 왜 그때는 '다음에 찍으면 되지'라고 생각했을까. 아마 이제 다시는 가지 못할 것 같은데. 역시 여행지에선 '다음에'라는 말을 꺼내선 안 된다.

학회장에서는 논문에서만 보던 유명한 연사들이 나와 발표를 하고 질문을 하고 토론을 했다. 신기하게 발표자가 발표할 땐 열심히 졸다가 발표가 끝나면 꼬박꼬박 질문하는 사람들도 있었다. 게다가 어찌나 학회 준비를 잘했던지, 아침에는 요구르트와 시리얼과 각종 빵과 신선한 과일들이 있었고, 점심은 뷔페식으로 진행됐다. 교수님은 나에게 "처음부터 이런 좋은 학회를 와서 큰일이네"라고 하셨는데 나중에 다른 학회를 가서야 그 의미를 알게 됐다(학회에서 매끼 챙겨 주는 경우는 흔치 않다). 논문이 인용된 횟수가 수백 건이 넘는 유명한 학자와 같은 테이블에 앉아 식사를 할 수 있는 기회도 있었다. 그분들과 적극적으로 이야기를 하고 이런저런 질문도 하며 소통할 수 있었으면 좋았을 텐데, 나는 어른들 사이에 낀 초등학생 같아서, 그들이 하는 이야기를 따라잡는 것으로 만족했다. 내 마음이 여전히 회복되지 않은 상태이기도 했고.

일주일 뒤, 나는 한국에 왔다. 제일 먼저 순댓국을 찾았고(블루치즈를 너무 많이 먹었더니 얼큰한 순댓국이 그리웠다) 다시 일상으로 돌아왔다. 나의 전체 에피소드를 모두 아는 지인들은 "대학원 1년 차에 대학원생이 겪을 수 있는 모든 일을 다 겪었다"며 어깨를 두드렸다. 가끔은 그런 생각을 한다. 내가 만약 국내의 작은 학회에서부터 차근차근 발표를 해 왔다면, 햇병아리의 멘탈을 바사삭 부순 일들이 일어나지 않았다면, 지금도 연구를 하고 있지 않았을까 하는 생각. 어쩐지 첫 경기를 국가대표 선발전으로 나갔다가 장렬하게 패배하고 운동을 그만둔 선수 같다는 기분이 들어서.

그렇지만 그 일로 계획적인 인간이 되어 버려서 벼락치기 같은 건 하지도 않았고, 이후 학회 때는 2주 전에 이미 포스터 제작을 마쳤다(오타도 미리미리 찾고!). 게다가 이렇게 평생 우려먹을 수 있는 에피소드도 생겼으니, 오로지 나쁜 일들만 있었다고 말할 순 없을 것 같다.

대학원을 그만둘 때까지 여러 곳으로 학회를 다녔다. 베이징, 하와이, 호주의 팜코브, 프라하, 그리고 국내의 여러 학회까지. 강렬한 첫 학회의 기억 덕분인지 같은 실수를 반복하는 일은 없었다.

목요일

오후 네 시 반

저널클럽

대학원 입학까지 얼마 남지 않았을 시기에 교수님이 읽어 보라며 논문을 하나 주셨다. 꽤 많은 분량이었다. 논문은 소설도 시도 아니어서, 문장에 숨어 있을 저자의 의도를 파악할 필요 없이 필요한 내용만 찾아 읽으면 되는데 그걸 몰랐다. 처음이라 논문을 읽는 요령이 없었다. 굳이 읽지 않아도 되는 부분까지 형광펜을 긋고 동그라미를 쳐 가며 읽었다. 게다가 논문 속 영단어들은 또 얼마나 낯선

지, 매 문장마다 초면인 이들과 통성명을 하고 호구 조사를 해야 했다. 그 논문 한 편을 다 읽는 데 한 달 정도가 걸린 것 같다(논문은 완벽히 이해했냐고? 아 그건 좀…). 논문은 쓰는 것만 어려운 줄 알았지 읽는 게 어려울 거라고는 생각해 보지도 못했다.

대학원에 입학하고 얼마 되지 않았을 때, 청천벽력 같은 메일이 한 통 날아왔다. '저널클럽'이라는 제목의 메일이었다. 저널클럽은 내가 다니던 대학에서 천문학을 연구하는 대학원생이라면 무조건 참여해야 하는 모임이었다. 매주 목요일 오후 네 시 반에 시작하는 일종의 논문 스터디. 한 주에 두 명씩 발표했는데, 한 명은 네이처나 사이언스지에 올라온 논문을, 다른 한 명은 자신의 연구와 관련 있는 최신 논문을 골라서 읽고 학생들 앞에 섰다. 차례는 한 달 반에서 두 달 사이의 주기로 돌아왔다. 논문 읽는 것도 어려운데, 그걸 또 남들에게 설명해 줘야 한다고요? 하고 싶지 않았지만 대학원 신입생들에게 선택의 여지는 없었다.

시간은 흘러 흘러 나와 동기들에게도 발표 순서가 찾아왔다. 선배들은 신입생은 큰 부담을 갖지 않아도 된다고 했지만 교수님들은 그렇게 생각할 것 같지 않아서 무려 발표 한 달 전부터 논문을 골라 준비에 들어갔다. 한참 전의 일이라 정확히 기억이 나지는 않는데, 안드로메다은하를 시뮬레이션 한 결과를 다룬 논문을 골랐던 것 같다. 당시 내가 안드로메다은하에 대해 알고 있었던 건 우리 은하의 이웃 은하라는 정도뿐이어서, 한 달이라는 긴 시간이 있었음에도, 인쇄한 논문은 너덜너덜해졌는데도, 무슨 말인지 하나도 이해할 수가 없었다. 이대로 가다간 망할 게 뻔했는데, 그렇다고 내가 이해할 수 있는 다른 논문이 있는 것도 아니었다. 나 대학 다닌 거 맞나…? 아는 게 하나도 없네…? 그나마 위로가 되었던 건 내 동기들도 자신이 고른 논문 앞에서 어안이 벙벙한 표정을 짓고 있었다는 것이었다.

"제대로 아는 거 맞나?"

발표를 시작하고 딱 세 문장을 얘기했을 때, 지도 교수님이 나를 보고 한 말이다. 이 글을 쓰고 있는 지금도 그때를 떠올리면 손바닥에 땀이 난다. 열심히 읽긴 했지만 그렇다고 잘 아는 것은 아니라서 아무 말도 할 수가 없었다. 발표는 계속 이어졌지만 교수님은 내가 무슨 말을 할 때마다 태클을 걸었고, 내가 할 수 있는 건 울지 않는 것뿐이었다. 당시에는 교수님이 원망스러웠다. 나보다 먼저 발표한 동기에게는 "뭐, 잘 모를 수도 있지"라고 말했으면서! 왜 나한테만 이러시는 거야! 그리고 원망이 지나가자 분노와 수치심이 찾아왔다. 그건 교수님을 향한 것이 아니라 나 자신을 향한 것이었다. 왜 이렇게밖에 못했을까? 더 잘할 수는 없었을까?

대학생일 때까지 나는 "몰라"라는 말을 입에 달고 살았다. 누군가 무엇이 어디 있냐고 물을 때도, 무언가를 알고 있냐고 물을 때도, 이게 왜 이렇게 되었냐고 물을 때도 "몰라"라고 대답했다. 그건 단순히 모른다는 뜻이기도 했지만, 더 자세히 파고들면 '난 책임지고 싶지 않아'라는 마음이 숨어 있는 대답이었다. 눈치 빠르고 사람을 많이 겪어 본 어른의 눈엔 젊은이의 오만함이 보였는지도 모르겠다. 교수님은 그 뒤로도 나에게 많은 가르침을 주셨다. 언급할 거면 제대로 알고 말하고, 잘 모르면 언급하지 말라고. 제 3자의 눈으로 자신을 잘 살펴보라고.

어른의 눈에는 여전히 부족했을지 몰라도 분명 나는 매해 성장했다. 그건 내가 "몰라"를 말하는 횟수와 논문 한 편을 이해하는 데 필요한 시간이 줄어든 것으로 확실히 알 수 있다. 학회에서 구두 발표를 할 때 내가 대답 못할 질문이 들어올까 봐 두려웠던 새내기 시절도 있었지만, 어느덧 내가 내 일을 제대로 하고 있다면 어떤 질문에도 제대로 대답할 수 있다는 것을 알았다. 그리고 모르는 것에 대해선 거기까진 채 알아보지 못했다고, 알아보겠다고 솔직하고 정중하게 밝히는 것이 학자의 자세라는 것도 배웠다. 아니, 그건 학자의 자세가 아니라 프로의 자세였겠다. 교수님의 뼈를 때리는 팩트 폭격 덕분에 나는 '프로'가 되는 법을 배웠다.

이제는 대학원생이 아니지만, 인터넷에 천문학 칼럼을 올리기 때문에 자료 수집을 위해 논문이나 해외 기사들을 자주 살펴본다. 그때마다 목요일 오후 네 시 반에 열리던 저널클럽의 풍경을 떠올린다. 어느 수준까지 쓸 것인지, 이 단어를 써도 독자가 이해할 수 있을 것인지, 그리고 내가 제대로 알고 있는지. 여전히 부족하고 완벽함에 이르기는 힘들겠지만 끊임없이 고민한다(여기다 요새는 조회수까지 신경 써야 한다!)

가끔 학위 과정을 중단하고 대학원을 나온 것을 후회하지 않느냐는 질문을 받는다. 거짓말이 아니라 전혀 후회하지 않는다. 나는 그곳에서 학문뿐만 아니라 삶에 대해서도 정말 많은 것을 배웠다. 그 시간을 함께한 이들에게 항상 감사한 마음을 가지고 있다.

항 상

엔 진 을

켜 둘 게

아직은 어두운 하늘 천평궁은 빛났고
차 안으로 스며드는 찬 공기들
기다릴게 언제라도 출발할 수 있도록
항상 엔진을 켜둘게

나는 나이에 비해 아날로그 감성을 가진 사람이라, 요즘 노래보다는 옛날 노래를 더 많이 듣는다. 델리스파이

스의 〈항상 엔진을 켜둘게〉는 무척 좋아하는 곡 중 하나인데, 도입 부분만 들어도 "크~" 소리가 절로 난다. 출근길에 들으면 당장이라도 적막한 해안가가 눈앞에 펼쳐질 것 같다. 물론 내 차의 종착지는 모래사장이 아니라 회사 주차장이지만.

가사를 찬찬히 살펴보면 '천평궁'이라는 낯선 단어 하나가 보인다. 경복궁이나 덕수궁과 같은 궁궐을 떠올릴 수도 있겠지만, 천평궁은 가을의 생일 별자리인 '천칭자리'를 뜻한다. 그래서 많은 사람이 이 노래의 시간적 배경을 가을로 생각한다. 단도직입적으로 말하자면, 가을 밤하늘에서는 천칭자리를 볼 수 없다. 그럼 노래 속 계절은 언제일까? '아직은 어두운 하늘'이라는 가사에서 새벽 3~4시경이 예상되는데, 이때 천칭자리를 봤다면 별자리의 고도가 높은 때인 3~4월일 확률이 높다(고도가 낮으면 건물이나 도시의 빛 때문에 잘 안 보인다).

가을철 생일 별자리인 천칭자리가 어째서 가을이 아닌 봄에 보이는 것일까. 생일 별자리는 내가 태어난 날의 밤하늘에 보이는 별자리로 결정되는 것이 아니다. 내가 태어난 날의 낮 12시쯤에 태양이 지나가는 곳에 놓인 별자리가 생일 별자리로 결정된다(낮에도 별이 뜨냐고? 당연히 뜬다. 우선 태양도 별이고, 다른 별도 떠 있지만 태양이 너무 밝아서 안 보이는 것뿐).

그럼 여기서 두 번째 질문. 낮에 뜬 내 생일 별자리가 왜 밤에는 안 보일까? 그건 바로 지구가 스스로 돌고 있기 때문이다. 지구는 하루 24시간 동안 한 바퀴를 돈다. 1시간당 15도씩 돌고 있는 것이다. 지구에 살고 있는 우리의 입장에서는 지구가 도는 것이 아니라 하늘이 1시간당 15도씩 돌아가는 것처럼 보인다. 아무튼 그래서 시간이 지나면 별자리들이 지표면 아래로 내려가서 보이지 않기도 하고, 지표면 아래에 있던 별자리들이 땅 위로 올라와 보이기도 한다. 낮에 떴던 생일 별자리도 시간이 지나 땅 아래로 내려가기 때문에 당연히 밤이 되면 보이지 않는다.

하늘에는 12개의 생일 별자리 말고도 많은 별자리가 존재한다. 꽤 이름이 알려진 오리온자리나 페가수스자리 같은 것들을 포함해 총 88개의 별자리가 있다. 우리나라처럼 북반구에 있는 나라에서는 약 60~70개 정도의 별자리를 볼 수 있고, 나머지는 남반구에서 볼 수 있다.

별자리는 계절별로 묶을 수 있다. 저녁 9~10시 정도에 남쪽을 향해 섰을 때, 머리 위에 가장 잘 보이는 별자리들을 해당 계절의 별자리라고 부른다. 북반구를 기준으로, 대표적으로 봄철에는 처녀자리와 사자자리와 게자리와 천칭자리가 있고, 여름철엔 전갈자리와 궁수자리, 가을철엔 물고기자리와 물병자리와 양자리와 염소자리, 그리고 겨울철엔 쌍둥이자리와 황소자리가 있다. 오늘의 주인공인 천칭자리는 가을의 생일 별자리지만 봄철 밤하늘에서 잘 보이는 별자리이기 때문에 봄철 별자리로 분류된다. 그러니 천칭자리가 뜬 밤하늘 아래에서 드라이브를 즐기고 싶다면 가을이 아니라 봄이어야 한다는 것이다.

그렇지만 봄이라고 해서 봄철 별자리만 보이고, 가을이라고 해서 가을철 별자리만 볼 수 있는 건 아니다. 앞에서 얘기했듯이, 지구는 돌고 있기 때문에 시간이 흐르면 다음 계절의 별자리가 땅 위에서 올라오는 걸 볼 수 있다. 만약 지금이 여름철이라면 새벽 3~4시쯤엔 가을철 별자리도 볼 수 있다. 그럼 하루에 모든 계절 별자리를 다 볼 수 있냐고? 그건 불가능하다. 태양이 떠오르면 별들은 곧 보이지 않을 테니까.

만약 생일 밤에 자신의 생일 별자리를 보는 로망이 있었다면, 안타깝지만 지구에서는 이룰 수 없다. 그렇다면 내 생일 별자리를 밤에 보려면 어떻게 해야 할까. 〈항상 엔진을 켜둘게〉의 노래 가사처럼 '기다려야' 한다. 노래에선 출발하기 전까지 마냥 기다려야 하지만, 우리는 다행히 내 생일로부터 6개월 정도만 기다리면 된다. 그때쯤엔 내 생일 별자리가 밤하늘에 떠오를 것이다. 밝은 생일 별자리보다 희미해서 잘 보이지 않는 생일 별자리들이 많으니 보기 쉽지 않은 건 매한가지겠지만(사실 천칭자리는 보기 힘든 별자리다).

〈항상 엔진을 켜둘게〉를 들으며 가을밤의 드라이브를 상상한 분과 이 곡을 작사한 김민규 씨, 김동영 씨에게 사과의 말을 전하고 싶다. 나 또한 이 노래를 너무나도 사랑한다는 사실을 알아주기를 바란다(전 예술적 허용을 사랑하며, 노래 가사 하나에 일일이 따지고 드는 사람이 아닙니다!). 사실 천평궁 뜨는 시기 같은 게 뭐가 중요하겠나. 노래를 듣는 순간, 천평궁은 우리 마음속 밤하늘에서 언제든지 빛나고 있을 거다. 천평궁이 빛나는 새벽의 드라이브를 상상하며 한 번 더 노래를 들어 본다.

별의 일생

컴퓨터로 일을 하다가 잘 풀리지 않을 때면, 키보드에 올려두었던 손을 펴서 살펴보는 버릇이 있다. 조약돌처럼 동글동글한 손톱 열 개를 훑고 손을 뒤집어 손금을 따라가 본다. 좀 더 어렸을 땐 선 몇 개만 뚜렷하게 그어져 있었는데 그새 잔 손금들이 생겼다. 타인들과 주고받은 사랑과 상처의 흔적인 것마냥.

내 왼쪽 손의 생명선은 끝으로 가면 두 갈래로 나뉘어

있다. 한쪽 선이 조금 더 길다. 갈림길에 도착하면 내 선택에 따라 수명이 결정되는 걸까? 해야 할 일도 잊어버린 채 두 개의 생명선을 바라본다. 오래 살 건 짧게 살 건 간에 내 선택에 후회 없는 삶이면 참 좋을 텐데.

우리의 인생은 복잡한 오솔길과 같아서, 표지판도 없는 갈림길과 자주 마주친다. 두 길을 동시에 갈 순 없고, 시간을 되돌릴 수도 없기에 우리는 신중하게 하나의 길을 선택한다. 그 길에 후회가 있을지 웃음이 있을지 알지 못한 채. 무언가를 선택하고 그 결과에 책임을 져야 한다는 건 골치 아프기도 하지만 그게 '나'라는 사람을 만들어 가는 재미 아닐까.

매 순간 선택의 기로 앞에 서야만 하는 인간과는 달리, 어떤 선택도 하지 못한 채 정해진 대로 살아가야 하는 존재도 있다. 바로 별이다. 우주의 차가운 가스 덩어리는 주변의 가스를 끌어당기며 더 큰 가스 덩어리가 되고, 이 덩어리는 압축되고 뜨거워져서 결국엔 우리가 별이라고 부르는 존재가 된다. 별은 자신의 몸무게(질량)에 따라서 앞으로의 생이 결정된다. 내 손에 그어진 두 갈래의 생명선처럼, 가벼운 별과 무거운 별은 각자의 생명선을 따라 살아간다.

별을 가득 채운 것은 우주의 가장 기본적인 물질인 '수소'다. 별들은 자신 안에 있는 수소로 다른 물질을 만들며 에너지를 만들어 낸다. 별에서 가장 뜨거운 부분은 별의 중심에 있는 핵이고, 바로 이곳에서 수소 핵융합이 일어나 헬륨을 만든다.

가벼운 별

질량이 작은 별(태양과 비슷한 질량을 가진 별)들은 천천히, 그리고 오랫동안 핵에 있는 수소를 헬륨으로 바꾼다. 질량이 작은 별들의 수명은 수백 억년인데, 핵에서 헬륨을 만드는 데 대부분의 시간을 사용한다.

긴 시간이 지나고 핵에 있던 수소를 헬륨으로 모두 바꾸면, 별의 표면은 부풀어 올라 붉은색의 '적색 거성'이 된다. 헬륨으로 가득 찬 적색 거성의 핵은 새로운 물질을 만들어 낼 만큼 뜨거운 상태가 아니기 때문에 줄어들기 시작한다. 이때 핵이 너무 쪼그라들어서 출퇴근길의 9호선마냥 옆의 헬륨과 헬륨 사이의 거리가 너무 가까워지면 핵의 온도가 올라가기 시작한다. 그러다 헬륨 핵의 온도가 1억 도에 이르면 드디어 헬륨은 새로운 물질을 만들어 낸다. 원자 번호 6번, 탄소다.

핵 속의 헬륨이 모두 탄소가 되면, 마찬가지로 탄소 다음의 물질을 만들 만큼 뜨겁지 않기 때문에 핵은 다시 수축한다. 그러나 이번에는 아무리 수축해도 탄소가 핵융합을 할 만큼 뜨거워지지 않는다. 너무 가까워진 탄소들은 서로를 밀어내어 핵은 팽창했다가 다시 수축한다. 별의 중심이 커졌다 작아졌다를 반복하는데 별이 안정적으로 있을 수 있을까? 불안정한 별은, 핵의 바깥쪽에 있는 물질들은 우주 공간으로 밀어버린다. 결국 별이 있던 자리에는 핵만 남게 된다.

나무에서 떨어져 완전히 터져 버린 복숭아 하나를 떠올려 볼까. 딱딱한 씨는 한때는 별의 중심에 있었으나 이제는 우주 공간에 노출된 핵이다. 이 중심핵을 '백색 왜성'이라 부른다. 백색 왜성의 내부에서는 더 이상 활동이 일어나지 않기 때문에 아주 천천히 식어서 '흑색 왜성'이 될 것이다. 복숭아씨 주변에 퍼진 과육처럼, 백색 왜성의 주변에는 '행성상 성운'이라 불리는 잔해가 펼쳐져 있다. 핵을 감싸고 있던 별의 물질들이 우주 공간으로 밀려 나간 모습이다. 행성상 성운은 여전히 바깥으로 밀려 나고 있어서, 수만 년이 지나면 우주의 평범한 가스로 돌아가게 될 것이다.

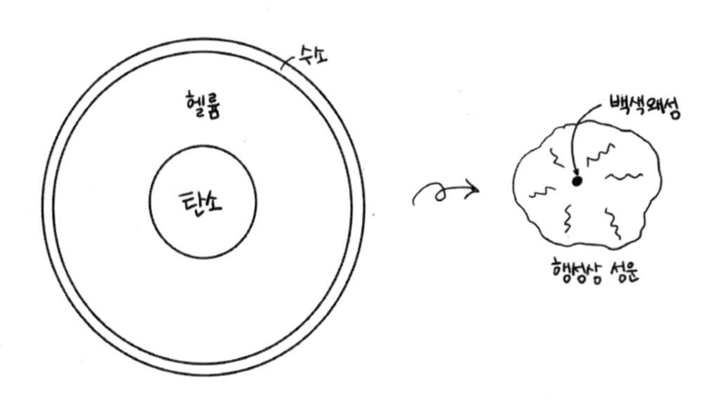

무거운 별

무거운 별들도 질량이 작은 별과 마찬가지로 자신이 가지고 있는 수소를 헬륨으로 만든다. 질량이 작은 별이 네 개의 수소로 하나의 헬륨을 만드는 '정석'적인 방법을 쓴다면, 질량이 큰 별은 탄소나 산소, 질소 등의 물질을 촉매로 써서 빠르게 헬륨을 만들어 낸다. 그런데 무거운 별은 이 일을 오래 하지 못한다. 가벼운 별이 수십~수백억 년을 사는 데 비해, 무거운 별은 수십~수백만 년밖에 살지 못하기 때문이다(이 역시 긴 시간이지만, 우주의 스케일에서 보면 짧은 것이니 이해해 주시라).

자신에게 남은 시간이 얼마 없다는 걸 아는 듯, 무거운 별은 짧은 시간 동안 많은 원소들을 만들어 낸다. 헬륨을 시작으로 탄소, 네온, 산소, 규소를 만들고 마지막으로 철을 만든다. 이때 별은 꼭 양파를 반으로 자른 것처럼 원소들이 겹겹이 쌓여 있는 모습이다. 철은 매우 안정적인 물질이라서, 웬만한 환경에서는 핵융합이 일어나지 않는다. 그래서 핵이 수축해서 온도가 올라가도 다음의 물질을 만들어 낼 수 없다. 핵은 자연의 법칙이 시키는 대로 계속 수축된다. 물론 핵 속의 철들도 바깥으로 미는 힘이 있지만, 워낙 별이 무거워서 누르는 힘이 강하다 보니 그 압력을 이겨 낼 수가 없다. 결국 핵은 백색 왜성보다 더 압축된 '중성자 별'이 되거나 아예 한 점, 블랙홀(강한 중력에 의해서 빛조차 빠져나오지 못해 까맣게 보이는 천체)이 되어 버린다. 동시에 별은 핵의 바깥쪽에 있던 물질들을 토해 내듯이 우주 공간에 뿌리는데, 이 사건을 '초신성 폭발'이라고 부른다. 앞에서 언급했듯이 별의 죽음이다.

수천 광년 떨어져 있어도 지구에서 반짝하는 모습이 보일 정도로 초신성 폭발은 강력하다. 무거운 별은 폭발하면서 그제야 철보다 무거운 원소들을 만든다. 원소들은 빠른 속도로 우주 곳곳으로 퍼져 나가 수소와 헬륨이 전부였던 곳을 다채롭게 만들고, 긴 시간이 지나 차갑게 식고 나면 주변의 가스와 뭉쳐 새로운 세대를 만들 씨앗이 될 것이다. 여기 우주에선, 죽음은 곧 새로운 시작이다.

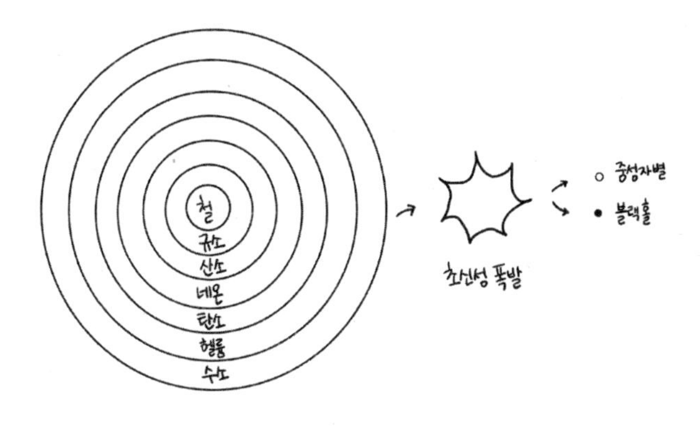

길고 가늘게 사는 삶과 짧고 굵게 사는 삶. 어느 삶이든, 별은 도착 지점을 향해 묵묵히 자신만의 트랙을 달린다. 그리고 그들은 죽음으로써 새로운 우주를 빚을 재료를 만들어 낸다.

이런 별들과는 달리 선택의 여지가 많은 나는 자주 길을 헤매고 때론 막막함에 남몰래 우는 날이 많겠지만, 어찌 됐든 나의 길을 완성해 보려 한다. 왼손의 두 개의 생명선에서 어떤 선을 선택하든지 간에, 마지막에는 꽤 괜찮았던 어른으로 남고 싶다. 희미한 별이 누군가에게는 이정표가 될 수 있을 거라 믿으며 오늘도 계속 걸어가 보려 한다.

어제 헤어진 너에게

네 소식을 들었어.

이별은 누구나 살면서 한 번쯤은 겪는 일이지만 누구에게도 쉽지 않은 일이지. 먼저 이별을 고했던, 들었던 간에 말이야.

너도 한 번쯤은 봤겠지? 성단 속의 무수히 많은 별들 말이야. 왜 갑자기 별 타령이냐고? 음, 난 저 멀리 떨어져서 우리와 아무 상관도 없는 별이 우리와 참 닮았다고 보거든. 어쨌든 이야기를 계속해 볼게. 성단 속의 별들은 가만히 있는 것 같지만, 사실은 성단 안을 끊임없이 돌아다니고 있어. 자기만의 궤도를 그리면서 말이야. 각자의 삶을 살고 있지. 그런데 주변에 별이 워낙 많으니 한 번쯤은 다른 별과 맞닥뜨리게 돼. 이걸 '조우'Encounter라고 불러.

별과 별이 맞닥뜨릴 때, 흔들리는 정도로 작은 영향을 미치는 경우도 있지만, 가야 할 길을 송두리째 바꿔 버리는 경우도 있어. 그래, 누군가를 만나 사랑에 빠지는 것처럼 말이지. 두 손을 잡고 춤을 추듯이 두 별은 서로를 돌며 새로운 길을 걸어가. 좋아하는 음식을 같이 먹고, 좋아하는 감독의 영화를 함께 보다가 서로의 취향을 닮아 가는 것처럼 별도 서로를 닮게 돼. 별도 취향이 있냐고? 그런 건 아니고, 자신이 가지고 있던 에너지를 상대와 맞춰 나가(네 낭만이 와장창 깨지는 소리가 들린 것 같다). 어쨌든 각자의 속도로 각자의 트랙을 달리던 두 별은, 서로에게 속도를 맞추며 이전과는 다른 둘만의 길을 걷게 되지.

왜 사랑하는 이들에게는 시련이 찾아오는 걸까? 나는 가끔 그런 것이 궁금해. 시련을 이겨 내야 진짜 사랑인 건지, 아니면 시련이 찾아오는 사랑은 진짜 사랑이 아닌 건지 말이야. 서로 닮아 가는 두 별에도 시련이 찾아와. 성단엔 그들 말고도 수많은 별들이 있으니까. 만약 또 다른 별이 두 별을 향해 다가온다면 어떨까. 튕겨져 나갈 수도 있지만, 어떤 별은 두 별 사이를 갈라놓고 한 별의 새로운 파트너가 되지. 그럼 남은 별은 어떡하냐고? 뭘 어떡하겠어. 우리처럼 혼자, 덩그러니 남아 있는 거지.

이쯤 되면 넌 화를 낼지도 몰라. 지금 날 놀리려고 이런 얘기를 꺼내는 거냐고 하면서. 끝까지 들어 봐. 혼자 덩그러니 남게 된 별은 가만히 멈춰 있을까? 아니. 그 별은 또 자기만의 길을 걷기 시작해. 새로운 속력과 방향으로 말이야. 그들은 혼자가 되었다고 결코 자신의 삶을 멈추지 않아. 생의 한순간을 함께한 파트너가 사라졌다고 생 자체가 끝난 것은 아니니까 말이야.

그럼 난 지금 어떻게 해야 하냐고? 글쎄. 울고 싶을 땐 울고, 화가 날 땐 화를 내야겠지. 지금은 너를 제외한 세상 모든 것이 반짝반짝 빛나는 것처럼 느껴지고, 너의 세계는 너무 적막해서 너를 삼킬 것 같더라도, 거기에 지지 말자. 걸음을 멈추지 말자. 그러다 보면 또 좋은 이와 조우하게 될지도 모르잖아.

좋아하던 선생님이 나에게 '이별 또한 사랑의 일부'라고 말씀해 주신 적이 있었어. 그때는 어려서 이해가 잘 안 됐어. 헤어지면 사랑은 끝난 것이 아닌가? 했거든. 근데 이제는 알 것 같아. 이별하고 남은 추억과 감정을 잘 추스르는 것도 결국엔 사랑의 한 과정이었던 거지(아, 근데 사귈 땐 엉망진창으로 해 놓고 헤어지고 나서 감상에 젖는 건 꼴불견이야. 너도 알지?).

생각만 해도 열받는다고? 나도 그래. 근데 그건 그거고, 우리는 우리의 날들을 잘 살아야 하는 거잖아. 일어나. 밥이나 먹자. 디저트도 먹자고? 그래, 그러자.

새로운 세계

어렸을 때 살던 집엔 화장실에 작은 창문이 있었다. 창문 밖에 옥상으로 올라가는 계단이 있었는데, 저녁에 양치를 하고 있으면 꼭 누군가가 서서 쳐다보는 것 같은 기분이 들었다(어쩌면 동생이 화장실에 가면 놀래 주려고 화장실 창문 아래 숨었던 전적이 있기 때문일지도). 밤에 화장실 창문이 열려 있으면 괜히 뒤통수에 이상한 기분이 들어서 양치할 때도 꼭 창문을 닫았다(손을 닦을 때도 절대로 창문을 쳐다보지 않고 재빨리 화장실을 빠져나왔다).

하루는 자다가 화장실이 가고 싶어져 한밤중에 화장실에 갔다. 변기에 앉아 멍하니 바닥 타일을 보고 있는데 갑자기 머리 위가 쓱 어두워졌다. 뭐지? 이 시간에? 혹시 창문이 열려 있었던 건가? 고개를 들지 못한 채 눈알만 굴리며 어떻게 해야 하나 고민하다 용기를 내어 고개를 들었다. 내 눈앞에 있던 그것은… 화장실 전등 주위를 날아다니는 날벌레였다. 기가 차서 안도감보다 화가 났다. 아니 무슨 날벌레 하나 지나갔다고 그렇게 어두워졌다가 밝아지나. 거기에 또 쿵쾅거리며 나댄 내 심장은 또 뭐고? 그대로 침대로 돌아가 잠이 들었다.

누구에게나 있을 법한 평범한 사건에 나는 겁을 먹었지만, 나보다 훨씬 똑똑한 과학자들은 이런 사건을 그냥 흘려보내지 않았다. 그들은 조명 주위를 날아다니는 날벌레 같은 것들을 찾아다녔다. 화장실이 아니라 우주에서.

지구 밖에서 우주를 관찰하는 우주 망원경 중에 '테스'TESS라는 이름의 망원경이 있다. 테스는 'Transiting Exoplanet Survey Satellite'의 앞 글자를 딴 것으로, 소크라테스가 떠오를 수도 있겠지만 그와는 아무 상관이 없다. 이 테스 망원경에 주어진 임무는 지구 주변을 관찰하며 새로운 세계를 찾는 것이다. 여기서 '새로운 세계'란 태양계 바깥에 존재하는 또 다른 별이 아니라 그 별의 주위를 돌고 있는 행성들을 말한다. 이렇게 태양계 바깥에 있는 행성을 '외계 행성'이라고 부른다.

'외계 행성'이란 단어가 낯설 수 있지만 이미 30년 전부터 외계 행성은 끊임없이 발견되고 있다. 그런데 아무리 크고 좋은 망원경이라 해도 우주는 광활하기에 멀리 있는 것들은 당연히 점으로 보인다. 별도 점으로 보이는데 그 주변을 도는 작은 행성들이 보일까? 보였으면 좋겠지만 보일 리 없다. 그럼 테스 망원경과 천문학자들은 어떻게 외계 행성을 찾아낼까.

테스 망원경의 전체 이름을 보면 'Transiting'이라는 단어가 있다. 영어 사전에서 찾으면 '수송하는', '통과하는'이라는 뜻이 나오는데, 천문학에서는 좀 더 많은 의미가 있다. 밝게 빛나는 별 주위에 행성 하나가 돌고 있는 모습을 떠올려 보자(상상하기가 어렵다면 전구 주위를 맴도는 날벌레를 떠올려도 된다!). 우리는 멀찍이 서서 그 별을 바라보고 있다. 별을 보고 있으니 별이 규칙적으로 밝아졌다가 어두워지기를 반복한다. 왜 그럴까? 바로 행성이 별 앞을 지나가며 별을 가렸기 때문이다. 이렇게 행성이 별을 통과(Transit)할 때 생기는 별의 밝기 차이를 통해 외계 행성을 찾아내는 방식을 '트랜싯'이라고 한다.

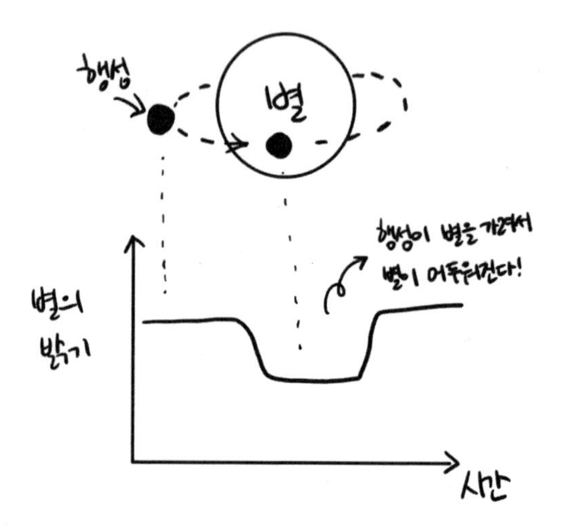

테스 망원경은 별을 지나가는 날벌레 같은 천체를 감지하여 2021년 3월까지 2,200개 이상의 외계 행성 후보들을 찾아냈다.* 테스 망원경이 발사된 날은 2018년 4월 18일이니, 단순히 우주에 떠 있던 시간으로만 계산하면 1년

* https://exoplanets.nasa.gov/news/1677/space-telescope-delivers-the-goods-2200-possible-planets/

동안 약 700개, 즉 매일 1~2개 정도의 새로운 세계를 발견한 셈이다. 테스 망원경 이전에 활동했던 케플러 우주 망원경과 다른 망원경들이 발견한 외계 행성의 수까지 합치면 4천 개가 넘는다.* 더 놀라운 사실은, 이건 고작 우리 은하 안에서 찾은 행성들이라는 것이다. 안드로메다은하처럼 우리 은하 밖에 있는 은하(이런 은하들은 외계 은하가 아니라 '외부 은하'라고 부른다)에도 역시 수많은 새로운 세계가 존재할 것이다. 단지 너무 멀어서 찾기 힘들 뿐. 그러나 그 일이 영원히 불가능하다고는 생각하지 않는다. 인류는 언제나 그렇듯 그 어려운 걸 해낼 것이다. 머지않은 미래에.

테스 망원경이 찾은 외계 행성 후보들은 천문학자의 검증을 거쳐야 외계 행성으로 데뷔를 할 수 있다. 2021년 4월, TOI 451이란 별 주위에 세 개의 행성이 돌고 있는 것이 밝혀졌다. 이 별은 나이가 1억 2천만 살 정도로, 45억 살인 태양과 비교하면 이제 막 태어난 신생아인 셈이다. 태어난 지 얼마 안 된 별과 행성이 무슨 의미가 있냐고 물을 수도 있겠지만, 누군가의 현재는 나의 과거를 알기에

* https://exoplanets.nasa.gov/faq/6/how-many-exoplanets-are-there/

가장 좋은 대상이 된다. TOI 451의 모습을 통해서 태양과 태양계 행성들이 처음에는 어떤 모습이었을지 추측해 볼 수 있을 것이다.

테스 망원경의 임무 종료 시각은 2022년이다. 망원경의 상태에 따라서 활동 기간이 좀 더 길어질 수도 있겠지만, 테스 망원경의 신호가 더 들려오지 않더라도 외계 행성을 찾는 일은 계속될 것이다. 테스 망원경이 케플러 망원경의 뒤를 이었듯이 말이다.

우주의 중심은 지구라고 주장했던 고대 그리스 학자들에게 이 소식을 들려주면 어떤 표정을 지을까? 아, 아시아 사람 자체를 처음 봤으려나. 그들의 눈이 휘둥그레지는 모습이 자꾸만 상상된다.

비행기에서 바라본 마을

: 성단

"승객 여러분, 우리 비행기는 곧 제주국제공항에 도착합니다."

나는 승무원이 말한 '곧'과 내가 생각하는 '곧'이 다르다는 것을 안다. 나는 이 멘트를 이렇게 받아들인다. "이제 창밖으로 제주의 풍경을 감상하세요!"

온통 파란 바다였던 창밖은 어느덧 까만 바위를 지나 네모반듯한 밭과 작은 건물들을 보여 준다. 나는 저기가 어디쯤이라고 가늠해 보지만, 이제 고향에서도 이방인인 나는 내놓은 답에 자신이 없어 그저 잠자코 풍경을 감상하기로 한다.

집보다 밭과 비닐하우스가 더 많았던 곳을 지나고 나니 집과 집 사이의 거리가 가까워지기 시작한다. 어느새 비행기 아래는 주황색, 초록색, 파란색 슬레이트 지붕으로 가득 차고, 마트나 초등학교도 보인다. 마을의 중심으로 보이는 곳을 지나치면 다시 집들 사이의 거리가 멀어지고 밭과 오름만 무성해진다.

도시 설계나 건축에는 문외한이기에 말을 꺼내기 조심스럽지만, 계획도시가 아닌 자연스럽게 생긴 오래된 마을들은 대부분 이런 모습을 하고 있지 않을까. 이 마을에 처음 살기 시작한 사람은 누굴까. 가장 번화가라고 할 수 있는 중심지역은 어떻게 만들어졌을까. 어째서 저들은 중심가에서 떨어진 곳에 살고 있을까. 그런 생각을 하다 보면 결국엔 내가 알고 있는 우주의 어떤 존재 앞에 서곤 한다. 당신도 과학 교과서에서 한 번쯤은 본 적이 있을 '성단'이라는 천체다.

별 '성' 자에 모일 '단' 자. 말 그대로 별들이 모여 있는 천체가 바로 성단이다. 수십 개에서 수백 개의 젊은 별들이 불규칙하게 모인 것을 '산개 성단'이라 부르고, 수십만 개의 나이 많은 별들이 공처럼 둥그렇게 모여 있는 것을 '구상 성단'이라고 부른다. 내가 비행기 창밖으로 본 마을의 모습은 구상 성단의 모습과 가깝다(해안 도로를 따라 길게 놓여 있는 마을은 빼고!).

태양처럼 혼자 덩그러니 놓여 있는 별들도 있지만, 우주의 많은 별은 한 번에 여럿이 태어난다(태양 또한 다른 별들과 함께 태어났다가 뿔뿔이 흩어져 혼자 놓여 있게 된 것일지도 모른다). 성단을 이루는 별 역시 성운에서 거의 동시에 태어나 마을을 이루며 살고 있다. 이들을 한마을에 살게 만드는 원동력은 이웃 간의 정이나 유대감 같은 것이 아니라 '중력'이다. 중력은 별이 성단 밖으로 이탈하지 못하도록 서로를 묶고 있다. 무거울수록 중력은 강해서, 별이 많이 모여 있는 구상 성단 안의 중력이 산개 성단보다는 비교적 강하다. 그래서 구상 성단은 100억 년을 살아도 그 모양을 유지하는 반면, 산개 성단은 몇백 만년이 지나면 뿔뿔이 흩어지고 만다.

성단 안의 별들은 가만히 있는 것이 아니다. 성단 안에서 각자 자기만의 궤도를 돌아다닌다. 이런 과정에서 어느 별은 성단의 다른 별을 만나 원래의 궤도가 바뀌는 일도 생긴다. 웬만큼 골치 아픈 이웃이 아닌 이상 우리가 이웃과 적당히 타협하며 사는 것처럼 별도 주변의 별들과 조우하며 점점 그들과 운동 에너지를 맞춘다.

운동 에너지는 운동하는 데 드는 에너지가 아니라, 별의 질량과 속도를 곱한 값이다. 특별한 일이 없다면 별의 질량이 갑자기 줄어들거나 늘어날 리는 없으니 속도가 변한다. 가벼운 별과 상대적으로 무거운 별이 있다고 해 보자. 두 별의 운동 에너지가 같아지려면, 질량이 작은 별은 속도가 커져야 할 것이고 질량이 큰 별은 속도가 줄어들어야 할 것이다. 결국 무거운 별들은 속도가 줄어들어 중력이 가장 강한 성단의 중심을 배회하고, 가벼운 별들은 성단의 바깥으로 이동하게 된다. 사람이 마을의 외곽으로 밀려나는 건 집값 때문인지 몰라도, 성단의 별들이 바깥쪽으로 밀려나는 건 그들의 속도가 성단의 강한 중력을 이겨 낼 수 있을 정도로 빠르기 때문이다.

그래서 구상 성단의 안쪽으로 들어가면 무거운 별들이 많이 모여 있다. 마을의 중심에 건물이 빽빽이 들어차 있듯이 말이다. 이 무거운 별들은 일찍 생을 마감하고 블랙홀이 되기도 한다.* 이 블랙홀은 우리 은하의 중심이나 최근에 전 세계의 전파 망원경으로 관측한 거대한 블랙홀이 아니라 별 하나가 죽어 생긴 작은 블랙홀이다. 천문학자들은 작은 블랙홀들이 합쳐져 결국엔 거대한 블랙홀을 만드는 것으로 추측하고 있다.

반대로 성단의 외곽에는 중력을 이겨 내고 빠른 속도로 성단을 탈출하고 만 별들도 있다. 그들은 성단 밖에 펼쳐진 낯선 우주를 여행하거나 새로운 별을 만나게 될지도 모른다. 마치 오래전 고향의 작은 마을을 떠난 나처럼.

나는 성단, 그중에서도 구상 성단을 좋아한다. 한때 내 연구 대상이기도 했다(나보다 한참 먼저 태어났지만, 내 자식 같은 마음이랄까). 그러나 과학관에서 근무할 땐 관람객에게 내가 사랑하는 구상 성단을 보여 줄 수 없었다. 워낙 멀리 떨어져 있어서 망원경으로 봐도 눈곱이 눈에 들어가서 앞이 뿌옇게 보이는 것처럼 보였기 때문이다. 관람객에게 보여 줬다간 "이거 보이는 거 맞아요?"라는 대답이 돌아

* Vitral, E & Mamon, G. A. (2021), "Does NGC 6397 contain an intermediate-mass black hole or a more diffuse inner subcluster?", Astonomy & Astrophysics, 646, A63

올 게 뻔했으므로 다른 대상을 찾아야만 했다.

그런 의미에서 산개 성단은 관람하기에 엄청나게 좋은 대상이다. 비교적 가까워서 또렷이 보이고 적당히 별이 모여 있어서 관람객들의 탄성을 들을 수 있다. 관람객이 과학관을 떠난 후, 망원경을 정리하기 전에 보는 성단의 모습은 언제 보아도 아름다웠다. 까만 도화지에 설탕을 뿌린 것처럼, 작은 것들이 모여 반짝거리던 그 모습은 아직도 생생하다.

어느 계절이라도 볼 수 있는 산개 성단이 한 개쯤은 있다. 봄엔 게자리 근처의 페르세페 성단, 가을엔 올빼미 성단과 페르세우스 이중 성단, 겨울엔 플레이아데스성단이 특히 잘 보인다. 만약 구상 성단의 모습이 궁금하다면… 일단은 망원경의 렌즈나 거울의 크기가 크고(커야 성능이 좋다!) 도시와 멀리 떨어진 곳에 있는 천문대를 찾는 것이 좋다. 망원경 앞까지 갔다면 인터넷에서 본 사진 같은 건 모두 잊어버리고 기대를 내려놓아야 한다. 접안렌즈 중심의 뿌연 무언가를 보고도 덜 실망할 수 있도록.

언젠가 제주도에 갈 일이 있다면, 승무원의 멘트 후 창밖을 내려다보자. 작은 마을들의 모습을 보고 있으면, 그 마을이 어떤 시간을 거쳐 현재의 모습을 갖추게 되었는지 궁금해질 것이다. 그리고 그 마을을 보며 구상 성단이 불현듯 떠올랐다면 그보다 더 바랄 것이 없겠다.

덧붙이는 작은 기억 하나.

교수님: 너 성단 연구할래, 달 할래?

나: 성단이요.

교수님: 왜?

나: 예쁘잖아요.

말도 안 되는 이유로 나는 구상 성단을 연구하게 됐다.

외계 생명체를 찾아서

중학교 1학년 때 나의 담임 선생님은 도덕 선생님이었다. 수수하고 차분한 첫인상과는 달리 선생님은 수련회에서 진주의 〈난 괜찮아〉를 부르며 헤드뱅잉을 함으로써 무대를 완전히 '찢어' 버리셨다. 반전 있는 모습에 호감이 생긴 것인지, 끌리는 동아리가 없어서인지, 아니면 정말로 영화를 좋아했던 건지 잘 기억이 나지 않지만, 나는 담임 선생님이 담당하는 영화 감상 동아리에 가입했다. 매주 토요일마다 교실에 모여 선생님이 고른 영화를 다 같이 시청했다.

어느 토요일, 선생님은 "오늘 너희들 잠은 다 잤다"며 자신만만하게 교실 문을 열고 들어왔다. 무슨 영화냐고 물어도 일단 보라고 할 뿐이었다. 미국의 거대한 옥수수밭, 천식이 걸린 아들, 그리고 미스터리 서클! 영화를 좋아하는 사람이라면 이 단서만으로도 무슨 영화인지 맞힐 수 있을 거라 생각한다. 이 영화는 한 가족과 외계 생명체와의 사투를 그린 〈싸인〉(2002)이다. 중학생인 내가 보기에도 결말이 영 시원치 않았음에도, 한 학기 동안 본 다른 영화가 기억나지 않을 정도로 인상적이었다.

기묘한 무늬의 미스터리 서클과 으스스한 분위기에 잔뜩 겁먹은 중학생들은 갑자기 등장한 외계 생명체에 고래고래 비명을 질러 댔다. 영화가 끝나고 선생님에게 왜 이렇게 무서운 영화를 골랐냐고 투덜댔고, 선생님은 "일주일 정도 지나면 더 무서울 걸?" 하며 씩 웃었다. 그리고 그건 사실이었다. 며칠이 지나니 영화 내용은 거의 다 잊어버렸는데, 외계 생명체가 정말 어디선가 나타날지도 모른다는 불안감이 엄습했다! 외계 생명체가 골목에서 튀어나오면 잽싸게 도망치려고 책가방 줄을 꽉 잡고 걸었다. 외계인은커녕 귀신도 마주치지 않았지만.

대학생이 되고 나서는 머리가 조금 컸는지, 큰 눈에 뾰족한 턱, 칙칙한 피부의 외계인은 미디어가 심어 놓은 이미지라는 것을 깨닫고 외계 생명체가 두렵지 않아졌다. 게다가 지구를 방문할 정도로 지능과 기술력이 높은 외계 생명체라면 알몸으로(?) 다니지도 않을 것이고, 그가 있는 곳의 정치와 외교의 수준도 높을 것이다. 그리고… 지구가 뭐가 그렇게 대단하다고 그 수준 높은 외계 생명체들이 침공하겠나. 이미 지구는 인간들로 고통받고 있는데.

예전에는 '외계 생명체' 하면 화성을 가장 먼저 떠올렸지만, 화성에서 외계생명체를 마주칠 가능성은 적어 보인다(물론 언제든지 새로운 결과가 나올 수 있다). NASA가 보내는 탐사 로봇들도 생명체 자체를 찾기보다는 생명체가 있었던 흔적을 찾는 데 집중하고 있다. 화성인의 기대는 왜 거품처럼 꺼져 버린 것일까? 그 이유는 화성에는 생명체에게 가장 중요한 '흐르는 상태의 물'이 없어서다.

생명체에게 물은 필수적이다. 인간의 70%를 차지하고, 많은 생명체가 물속에서 탄생했다. 그래서 천문학자들은 지구 밖에서 흐르는 물을 찾으려고 노력 중이고, 물이 있을 만한 지역에는 '생명체 거주 가능 영역'이라는 이름을 지어 주었다(좀 더 멋진 이름을 상상했을 분들에겐 대신 사과를 전한다. 천문학자들은 이름을 짓는 센스가 부족하다). 영어로는 '해비터블 존'habitable zone 또는 '골디락스 존'Goldilocks zone이라고 부른다. 지구 역시 생명체 거주 가능 영역 안에 있다.

생명체 거주 가능 영역을 결정하는 중요한 요소는 바로 모항성, 즉 행성 공전 궤도의 중심에 있는 별과의 거리다. 만약 지구가 모항성인 태양과 조금 더 가까웠더라면, 물이 모두 증발해서 수성처럼 메마른 돌덩이만 남았을 것이다. 반대로 지금보다 태양과 더 멀리 떨어져 있었다면, 너무 차가워져서 물이 모두 얼어 버렸을 것이다. 지구는 태양과 적당히 떨어져 있기에 액체 상태의 물이 있고, 생명체가 생겨날 수 있었다. 또 별의 밝기도 중요하다. 만약 태양이 지금보다 더 뜨거운 별이었다면, 같은 거리라고 하더라도 열기가 훨씬 강해서 지구의 물은 다 증발해 버렸을 것이다.

그러나 생명체 거주 가능 지역과는 거리가 멀어 보이는 곳에도 생명체의 존재 가능성은 있다. 대학생 시절, 한 교수님이 토성의 가장 큰 위성인 타이탄에 새우잡이 배를 가지고 가야 한다는 농담을 한 적이 있다. 아무도 웃지 않자 교수님은 부가 설명을 해 주셨다. 타이탄에는 바다와 호수가 있는데, 그곳에 새우같이 작은 생명체가 있을지도 모르니까 새우잡이 배를 가져가서 생명체 연구를 해야 한다는 말이었다(교수님, 설명해야 하는 농담은 망한 농담이라고요…).

교수님의 말처럼 타이탄에는 바다와 호수가 있다.* 그런데 그곳은 물이 아니라 메테인(메탄)으로 채워져 있다. 우리에게 메테인은 지구 온난화를 부추기는 가스 중 하나지만, 천문학에서 메테인은 생명체의 가능성을 알리는 신호탄이기도 하다. 탄소와 수소가 합쳐져 만들어진 물질을 '유기 화합물'이라고 부르는데, 메테인은 탄소 하나와 수소 네 개로 이루어진 가장 간단한 유기 화합물이다. 메테인이 우연히 어떤 사건을 통해 다른 원소들과 합쳐진다면 단백질이나 탄수화물, 지방처럼 생명체를 구성하는 복잡한 유기 화합물이 될 수도 있다. 이 유기 화합물이 타이탄의 바다를 헤엄치는 작은 새우가 될지도 모르는 일이다.

2020년 10월에는 메테인보다 좀 더 복잡한 물질인 '사이클로프로페닐리덴'Cyclopropenylidene이라는 물질이 타이탄

---

* Mastrogiuseppe, M., Poggiali, V., Hayes, A.G. et al. (2019) "Deep and methane-rich lakes on Titan", Nature Astronomy, 3, 535

의 대기에서 발견됐다.[*] 복잡한 이름의 이 물질은 탄소 세 개와 수소 두 개가 합쳐진 유기 화합물이다. 이 물질이 생명체가 있다는 걸 증명하지는 못하지만, 멋진 구조물을 쌓을 수 있는 레고 조각 몇 개 정도는 찾은 셈이다.

토성의 또 다른 위성인 '엔셀라두스'에서는 수증기가 솟아오르는 모습이 포착되기도 했다.[**] 엔셀라두스에도 타이탄처럼 바다와 호수가 있을 가능성이 높아졌다. 이쯤 되면 우주 어딘가에 외계 새우 한 마리 정도는 있을 것 같지 않은가? 아, 교수님. 당신은 도대체 몇 수 앞을 보고 계셨던 건가요!

먼 훗날 우리의 후손들은 지구 밖의 바다에서 외계 새우를 잡으며 〈도시 어부〉를 찍고, 친절한 외계 생명체의 집에서 〈한 끼 줍쇼〉를 찍을지도 모른다. 우리 시대에는 불가능한 일이겠지만, 나는 그런 날이 올 거라고 믿고 있다.

---

* Nixon, C. A. et al. (2020), "Detection of Cyclopropenylidene on Titan with ALMA", The Astronomical Journal, 160, 205

** Spitale, J., Hurford, T., Rhoden, A. et al. (2015) "Curtain eruptions from Enceladus' south-polar terrain", Nature, 521, 57

거대한 우주 앞에서

우주에 관심이 많은 한 지인은 내가 천문학을 전공했다는 걸 알게 되자 가끔 메시지로 우주에 대한 질문이나 감상을 보내온다.

"어제 우주에 대한 다큐멘터리를 봤는데 베텔게우스(오리온자리에 있는 크고 붉은 별)라는 별의 크기가 엄청나더라!"

"응. 근데 그 별은 나이가 많아서 이미 터져서 없어졌을 수도 있어."
"그렇게 멀리 있는데도 지구에서 보인다는 게 너무 무서워."
"무섭다고? 그게 왜 무서워?"
"그렇게 거대한 존재가 있다는 게 멋있으면서도 무서워. 그에 비하면 인간은 너무 작은 존재인 것 같아."

내가 보기엔 거대한 별보다 전공자도 안 보는 우주 다큐멘터리를 즐겨 보는 지인이 더 대단한 존재 같다.

우주의 크기를 알게 된 사람들은 그 크기에 놀란다. 우주는 정말 크다. 우선 엄지손톱으로도 가려지는 태양의 지름에는 지구 109개가 들어간다. 그런데 왜 그렇게 작게 보이냐고? 1억 5천만 킬로미터나 떨어져 있어서 그렇다. 지구와 태양 사이에 고속도로가 깔려 있다면, 시속 100킬로미터로 달렸을 때 약 170년이 걸린다.

놀라기엔 이르다. 밤하늘에 보이는 별들은 태양보다 훨씬 멀리 있다. 태양을 넘어서면, '킬로미터'로는 우주를 표현할 수 없다. 그래서 천문학자들은 간단하게 표현할 방법을 만들었다. '광년'(1년 동안 빛의 속도로 이동한 거리. 시간의 단위가 아니다)이나 '파섹'(천문학에서 사용하는 거리의 정의. 1파섹은 약 3.26광년에 해당한다), 그리고 고등학교 수학 시간에 배우는 '로그'log 같은 것들이 이런 이유로 탄생했다. 말만 들어도 골치가 아픈 단어들이지만, 그런 단위가 없었더라면 우리는 길고 긴 숫자를 쓰며 인생을 허비했을 것이다.

태양 다음으로 지구와 가까운 별은 '프록시마 센타우리'라는 별이다. 지구와의 거리는 4.2광년, 즉 빛의 속도로 4.2년을 가야 한다. 우리 주변엔 이런 별들이 몇천 억 개가 존재한다. 이 별들은 은하라는 하나의 그룹 안에 속해 있다. 길이가 10만 광년인 라비올리(파스타 면의 일종으로 만두같이 생겼다)를 상상하면 된다. 거대한 라비올리의 중심에는 블랙홀도 있고, 별자리를 이루는 별들도 있고, 행성들도 있고, 지구도 있다.

우주에 우리 은하만 있는 것이 아니다. 우리 은하에서 250만 광년을 가면 비슷한 은하, 안드로메다은하가 있다. 우리 은하와 안드로메다은하, 그리고 주변의 작은 은하 몇 개를 합쳐 '국부 은하군'이라 부른다. 그리고 몇몇 은하군들을 모아 '은하단'이라 부르고, 은하단이 모여 '초은하단'이 된다. 우주에는 수많은 초은하단이 거미줄처럼 연결되어 있다. 어렵다고? 그렇다면 방금 만들어진 따끈따끈한 맥앤치즈를 떠올려 보자. 치즈와 마카로니가 섞여 크기가 조금씩 다른 작은 덩어리, 큰 덩어리로 뭉쳐 있다. 마카로니 하나가 은하, 작은 덩어리를 은하군, 그보다 큰 덩어리를 은하단, 더 큰 덩어리를 초은하단이라고 생각하면 된다. 이 마카로니 덩어리들은 지름이 무려 930억 광년이나 되는 접시에 담겨 있다. 이게 바로 우주다. (사실 930억 광년의 우주는 우리가 볼 수 있는 우주이고, 실제 우주는 이보다 훨씬 클 것이며, 점점 커지고 있다.)

이렇게 넓은 우주를 마주하면 무력감이 드는 게 당연한 일이다. 우주를 이루는 것들에 비하면 인간은 터무니없이 작은 존재이니 말이다. 그런데 여기까지만 알면 딱 반만 배운 것이다. 이 세상에는 인간보다 작은 존재들 역시 무수히 많다. 그들은 작을 뿐이지 결코 무시할 만한 존재가 아니다. 눈에 보이지도 않는 바이러스로 전 세계가 공포에 떨고 있는 것만 봐도 그렇다. 별과 은하, 그리고 우주도 원자(물질을 구성하는 최소 단위), 더 나아가서는 원자핵을 이루는 쿼크(우주를 구성하는 가장 기본 입자. 더 이상 작은 물질로 쪼개질 수 없는 점 입자)라는 존재로부터 시작됐다. 이곳 우주에서 처음부터 거대하고 대단한 건 없다. 모두 작은 것에서부터 시작됐다.

이 작은 존재들이 지금의 거대한 우주를 만들어 내기까지 138억 년이라는 시간이 걸렸다. 그 긴 시간 동안 별들이 태어나고, 죽고, 또 태어나고 죽고… 그 결과로 태양과 지구가 만들어지고, 우연인지 필연인지 모를 사건들의 결과로 지구에 생명체가 태어났고, 인류가 탄생했다. 그리고 엄청나게 낮은 확률을 뚫고 나와 당신이 태어났다. 만약 우주에도 감정이 있다면, 우주 앞에서 자신의 존재를 보잘것없이 여기기를 바라지는 않을 거라고 확신한다. 우리는 우주의 역사를 품고 긴 시간 끝에 만들어진 존재니까.

그러니 만약 밤하늘을 볼 기회가 생긴다면, 인생이 덧없다고 느끼지는 말기로 하자. 그 대신 자부심을 가지자. 우리는 우주의 과거이자, 또 미래라고.

달을 무서워했던 아이

어렸을 적에 나는 달을 무서워했다. 초승달이나 반달은 괜찮았는데 커다란 보름달은 유난히 무서워서, 보름달이 뜬 밤하늘 아래를 걸을 때면 엄마 팔을 꼭 붙잡고 바닥만 보며 걸었다. 보름달을 보고 있으면 달이 나를 꿰뚫어보고 있는 것 같은 기분이 들었다. 엄마는 그런 나를 보고 "네가 엄마 몰래 지은 죄가 있어서 달이 무서운 거야"라고 겁을 줬다. 나는 엄마의 말은 하나도 믿지 않았고, 내가 늑

대인간일지도 모른다는 엉뚱한 상상을 하곤 했다. 하지만 보름달이 뜬다고 해서 몸에 털이 자라나거나 송곳니가 길어지진 않았기에 그 상상은 금방 끝나 버렸다.

초등학생이 되자 달은 귀찮은 존재로 전락해 버렸다. 방학 숙제 중 하나가 달 관찰 일지를 쓰는 거여서 저녁이 되면 공책에 달이 뜬 시각과 달의 모습, 나의 느낌(아무 느낌도 없는데 왜 자꾸 느낌을 쓰라고 하는 걸까?)을 적어야 했다. 지금 생각해 보면 매일 달이 뜨는 시각과 모양이 다르다는 걸 관찰해 보라는 의도였던 것 같은데, 초등학생에게는 그저 귀찮은 숙제일 뿐이었다. 세일러 문이 지금 세계를 지키려고 중요한 싸움을 하고 있는데, 달이 대수냐! 그렇지만 나는 "귀찮다"는 말을 숨 쉬는 것만큼 자주 하면서도 결국 다 하는 사람이라서, 구시렁거리며 밖으로 나가 꾸역꾸역 달 관찰 일지를 작성했다.

중학생 때 만난 달은 이해하기 어려운 존재로 바뀌어 있었다. 내 발목을 잡은 건 과학 시간에 배우는 '달의 위상 변화'라는 부분이었다. 달의 위상 변화란 달과 지구와 태양의 상대적인 위치에 따라 달의 모양이 다르게 보이는 것을 말한다. 달이 초승달, 반달, 보름달, 그믐달로 다르게 보이는 현상 말이다. 달의 모습이 달라진다는 건 이미 알고 있는 사실이었지만, 어떻게 그렇게 되는 건지 이해하는 건 완전히 다른 문제였다. 이전에 과학 시간에 배웠던 대상들은 주로 멈춰 있거나 일직선으로 움직였는데, 이제는 서로를 돌고 있단다! 게다가 고려해야 하는 대상이 세 개로 늘어났다. 머리가 핑핑 돌기 시작했다.

선생님의 설명을 들어도, 교과서나 참고서의 그림을 봐도 이해가 잘 되지 않았다. 결국 나는 연필을 놓고 천장을 바라보며 내가 가진 능력을 사용해 보기로 했다. 무슨 능력이냐고? 우주로 가서 이 모든 상황을 실제로 볼 수 있는 능력이라면 좋았을 테지만 그런 능력은 당연히 없었고, 그 대신 태양과 달과 지구를 머릿속으로 가져오는 상상력이 있었다. 그 능력은 어디서 키웠냐고? 글쎄. 잠들기 전에 그날 본 만화 영화를 복기하는 습관이 있었는데, 그 덕이 아니었을까.

나는 달과 지구가 등장하는 연극 한 편을 만들어 보기로 했다. 태양이 없는 이유는… 인건비 절감을 위해서 라이트로 대체해서 그렇다. 태양을 맡은 라이트는 무대 왼편에 놓았다. 거기서 약 2미터 정도 떨어진 거리에 지구 역할을 맡은 내가 라이트를 등지고 서 있다(무대가 좁기 때문에 실제 거리와 비율은 무시하자). 나의 상대역인 달은 내게서 한 발자국 떨어져 있다. 모든 준비는 끝났다. 연극이 시작함과 동시에 달이 내 주위를 원을 그리며 걷기 시작하면, 나는 태양을 등진 지구, 즉 밤의 지구가 되어 달이 어떻게 보이는지만 상상하면 된다. 나는 달을 지구의 맞은편, 뒤편, 양 옆에 두고, 달이 어떻게 보일까를 상상했다. 달을 마주하고 있을 땐 라이트에 달의 얼굴 전체가 밝게 빛나고(보름달), 내 옆에 있을 땐 얼굴의 반쪽만 빛났으며(상현달과 하현달), 뒤통수만 빛나고 얼굴은 보이지 않을 때(삭)도 있었다.

상상의 무대 덕분에 달의 위상 변화를 이해하게 된 나는, 그 후에도 종종 천체들이 등장하는 무대를 연출하여 우주를 이해하는 데 썼다. 상상 속에서 달을 너무 많이 본 탓인지 지금은 어렸을 적만큼 달이 무섭진 않지만, 예상치 못한 때에 커다란 보름달을 마주하거나 망원경 속의 달을 볼 때면 여전히 소름이 돋는다. 죄를 많이 지어서 그런 건 아니고, 신기해서 그렇다. 삼십 년 넘게 달을 봤으면서 아직도 그게 신기하냐고 물을 수 있겠지만, 나는 정말로 하늘에 떠 있는 달이 여전히 신기하다. 어째서 너는 아무렇지 않게 하늘에 떠 있는 거냐고. 너는 도대체 어디에서 온 거냐고. 어째서 너는 매번 그렇게 새로운 거냐고. 달

을 바라보며 그런 바보 같은 질문들을 마음속으로 건네곤
한다.

"시간이 뭐라고 생각하세요?"

늦게까지 자고 싶었던 어느 연휴, 매트리스를 울리는 진동에 잠이 깼다. 한쪽 눈을 살짝 떠 핸드폰을 보니 오전 여덟 시도 되지 않았다. 연휴 아침부터 누가 이 시간에 연락을 한 걸까. 알람을 살펴보니 메시지가 아니라 내 블로그에 누군가가 글을 남겼다는 알림이었다.

지인에게도 알리지 않은, 하루 방문자가 0인 날이 더 많은 블로그에 누가 글을 남겼을까. 아침 일찍 눈을 떴다는 억울함은 사라지고 어느새 호기심이 그 자리를 채우고 있었다. 그 호기심은 화면을 끄는 대신 알림메시지를 밀어 내용을 확인하게 만드는 데 성공했다. 내가 맞닥뜨린 것은 블로그 이웃도, 지인도 아닌 이가 남긴 장문의 글이었다. 그는 난데없이 질문해서 미안하다는 말과 함께 "우주를 공부한 사람의 입장에서 봤을 때 시간이 뭐라고 생각하시냐"고 물었다. 시간이 뭐냐고? 누군데 나에게 뜬금없이 그런 걸 묻는 거지? 아침부터 이게 무슨…. 당장 대답하기엔 어려운 질문이었고, 아침부터 그런 걸 생각하고 싶지 않았기에 핸드폰을 내려놓고 다시 눈을 감았다.

십오 분, 아니 어쩜 십 분도 채 되지 않아 나는 이부자리를 박차고 일어났다. 물을 한 잔 마셨고 샤워를 하고 뭔가를 해 먹었던 것 같기도 하다. 분명한 건, 무얼 하든 내 머릿속에는 한 가지 생각이 뱅뱅 돌았다는 사실이다. 시간이 뭘까.

질문을 남긴 이가 과학적인 의미를 요구한 것은 아니라고 생각했다. 인터넷에 검색해 보면 나오는 것을 위해 굳이 누추한 곳에 찾아와서 물을 리 없으니까. 그래서 나는-그것이 그에게 어떤 의미가 될지는 모르겠지만-내가 하고 싶은 대답을 해야겠다고 생각했다. 한참을 고민하다가 노트북을 열고 블로그에 접속하여 글쓰기 버튼을 눌렀다. 질문을 읽고 반나절이 지난 뒤였다.

대학원 연구실에서 시간을 가장 많이 들인 연구는 시뮬레이션으로, 구상 성단이 어떻게 진화하는지를 알아보는 일이었습니다. 별들이 공처럼 모여 있는 구상 성단은 대체로 나이가 100억 살에서 120억 살입니다. 거의 우주의 시작부터 현재까지 살아 있는 존재들이죠. 인간에게는 억겁의 시간이지만, 수십 대의 컴퓨터를 동시에 사용해서 시뮬레이션을 돌리면 하루에서 이틀 만에 그들의 시간을 따라잡을 수 있습니다.
그러나 제가 한 일은 그들의 발자취를 하나하나 따라간 것이 아니라, 그저 별들이 이런 삶을 살았을 것이라고 어렴풋하게 짐작한 것일 뿐입니다. 아마 사람에 대해서도 그럴 것입니다. 남겨진 기억으로 누군가를 이해해 보려 하겠지만 우리는 남은커녕 자기 자신조차 온전히 이해할 수가 없을 거예요.

만약 어떤 성단이 우리와 100억 광년 떨어져 있다면, 그들은 46억 년 전에 태어난 태양과 지구가 보이지 않

을 겁니다. 46억 년 전에 태양에서 출발한 빛은 아직 46억 광년밖에 가지 못해서, 100억 광년 떨어진 성단에 닿지 못했을 테니까요. 그렇다면 오늘 밤 우리가 맨눈으로 볼 수 있는 별이 있다는 건 얼마나 다행인 일인가요. 맨눈으로 볼 수 있다는 건 우리와 그들 사이의 거리가 꽤 가깝다는 뜻일 테니, 우리도 그들을 볼 수 있고, 그들도 밤하늘에서 우리의 존재를 알아차렸을 겁니다. 비록 우리가 보는 별빛은 현재가 아닌 훨씬 과거에 출발한 빛이라 우리의 '현재'와 그들의 '현재'는 다르지만 (별빛이 오는 사이에 별이 생을 다했을 수도 있고) 어찌 되었건 간에 우리가 서로를 응시할 수 있다는 사실은 변하지 않아요. 그러나 서로를 바라볼 수 있는 시간은 우주의 입장에서 보면 아주 찰나의 시간이죠. 우리와 마찬가지로 별에게도 끝이 있고 영원이라는 건 존재하지 않으니까요.

그런 생각을 하다 보면 항상, 너무 뻔한 말이지만, 현재 나에게 주어진 것을 소중히 여겨야겠다는 결론에 이르곤 합니다. 밤하늘에 떠 있는 별 하나를 비롯해 지금 내 곁에 있는 것들이 '당연히' 나와 함께해야 할 이유는 없거든요. 언젠가 닿을 죽음과 끝을 후회로 마무리하지 않으려면 현재를 잘 지켜야 하더라고요.

시간이 무엇인지 솔직히 저도 잘 모르겠습니다. 그래서 이렇게 빙빙 글을 돌려 쓰고 있는 것 아니겠습니까. 과학적인 의미는 원하지 않으셨을 거로 생각했어요. 그러셨다면 대학교수의 유튜브를 보거나 그분들께 메일을 보내는 편이 나았을 테니까요.
시간이란 한때는 바꿀 수 있었고 바꿀 수 없는 것이겠죠. 현재는 우리가 어찌해 볼 수 있겠지만, 과거는 이미 지나갔고, 미래는 아직 오지 않았으니까요. 우리가 밤하늘에서 과거에 출발한 별빛을 볼 수 있는 건, 지난 과거를 보며 현재를 충실히 누리라는 의미일지도 모르겠습니다.
더 많이 사랑하고 아프고 깨닫다 보면 좀 더 나은 선택을 한 나 자신을 미래에 만날 수 있을지도 모르죠.

어찌어찌 마침표를 찍었지만, 대답이 썩 마음에 들지 않아서 빚을 진 사람처럼 마음 한구석이 오래도록 무거웠다. 답장을 받은 이는 곧 감사의 인사를 보내왔다. 나는 그 뒤로도 종종 시간이 무엇인지를 떠올렸다. 버스에서도, 카페에서도, 아침에 눈을 뜨고 나서도. 그리고 나는 내 맘에 드는 대답을 만났다.

나 역시 이것을 위안으로 삼는다. 어딘가에 나의 메아리가 있다. 내가 혼자라고 해도, 나의 시간에 동반하는 당신의 시간이 있다. 우리는 같은 영원 속에 산다.

__한정원, 『시와 산책』, p.73(시간의흐름, 2020)

나는 '당신'이라는 단어에 '별빛'을 넣어 읽어 본다. 별과 나의 현재는 다르지만, 나의 시간에 동반하는 별빛이 있다. 언젠가 우리는 별들이 한때 내 머리 위를 밝혀 주었다는 사실에 안도하며 살아갈 것이다.

여전히 시간이 무엇인지 잘 모른다. 다만 내가 희미한 별빛과 조우하는 시간조차 소중하게 여길 줄 아는 사람이 되었으면 한다. 욕심을 좀 더 부리자면, 그럴 줄 아는 이들과 만나 내 남은 시간을 보내고 싶다. 나에게 시간이 무엇이라고 생각하냐는 질문을 보낸 그도, 그만의 대답을 찾았기를 바란다.

은하의 MBTI

성격 테스트와 MBTI 테스트를 좋아한다. 고등학생 때 처음으로 해 본 MBTI 테스트의 결과는 INTP였다. 그런데 30대 직장인이 된 지금은 INFJ나 ISFJ가 나온다(첫 학회 덕분에 계획적인 인간이 되어 버린 듯하다). 직장 동료들도 이런 류의 테스트를 좋아해서, 새로운 테스트가 나오면 우리의 대화방은 서로의 결과를 공유하는 메시지로 붐빈다. 이런 테스트들이 과연 신빙성이 있는지, 70억 인구를 단지 열

몇 가지 유형으로 나눌 수 있는지에 대해선 의문이지만, 그래도 그로 인해 타인의 어떤 면모를 보고 '왜 저래?'가 아니라 '저런 성향이 있구나'라고 부드럽게 받아드릴 수 있는 여유가 생긴 건 확실하다. 나를 알아가는 재미는 당연하고(자신을 알아가는 일은 우주보다 재밌다).

이제 MBTI 결과는 그만 보고 구글에 'galaxy'를 검색해 보자('NASA galaxy'를 추천한다. 그렇지 않으면 스마트폰 사진이 너무 많이 등장한다). 나오는 결과를 찬찬히 둘러보면, 눈썰미가 좋지 않아도 은하들이 다 다르게 생겼다는 걸 바로 알 수 있을 것이다. 사람의 성격과 이목구비가 다른 것처럼 은하들도 생김새가 다르다.

천문학자들은 우주에 존재하는 수많은 은하를 찬찬히 살펴본 후, 생김새에 따라 그들을 구분했다. 마치 MBTI로 사람을 나누듯이. 물론 그걸 은하의 MBTI라고 부르지는 않는다. '허블 순차'(허블 시퀀스) 또는 '허블 튜닝 포크'라고 한다. MBTI의 M과 B가 이 테스트를 만든 마이어스Myers와 브릭스Briggs의 앞글자인 것처럼, 허블 순차 역시 만든 사람인 허블의 이름에서 왔다.

사람을 크게 내향형과 외향형으로 나눌 수 있는 것처럼

은하도 크게 소용돌이같이 생긴 나선 은하와 타원 모양의 타원 은하로 나눌 수 있다. 대체로 나선 은하는 젊은 편에 속하는데, 새로운 별을 만들어 내는 자원인 차가운 가스가 풍부하기 때문에 꾸준히 새로운 별들이 태어난다. 이와는 달리 타원 은하는 나선 은하보다 나이가 많고 별을 만들어 낼 재료를 거의 소진했기 때문에 새롭게 태어나는 별들이 적다. 나선 은하는 푸른빛이 강하고, 타원 은하는 누렇고 희뿌옇다. 나선 은하가 푸른색을 띠는 이유는 차가워서가 아니라 갓 태어난 매우 뜨거운 푸른빛(푸른빛을 띠는 별들의 온도는 1만 도가 넘는다. 반면 붉은 별은 3천도 정도밖에 되지 않는다)의 별들이 많아서다. 가까이 있는 은하들은 가끔 하나의 은하로 합쳐지는 과정이 일어나기도 한다. 천문학자들은 그 결과로 나선 은하가 타원 은하가 되는 거라고 보고 있다. 우리 은하도 수십억 년 뒤엔 이웃 은하인 안드로메다은하와 합쳐져 타원 은하가 될 예정이다.* 이 타원 은하에는 밀키웨이와 안드로메다를 적절히 합친 '밀코메다'라는 이름이 붙었다!

이제 은하에 익숙해졌으니 좀 더 자세히 살펴볼까? 눈

---

* Cox, T. J, & Loeb, A. (2008) "The Collision between the Milky Way and Andromeda", Monthly Notices of the Royal Astronomical Society, 386, 461

을 가늘게 뜨고 나선 은하들을 보면 은하의 중심에 가느다란 막대 같은 것이 보이는 은하가 있고, 아닌 은하가 있다는 걸 알게 된다. 막대 구조가 보이는 나선 은하를 '막대 나선 은하'(다시 말하지만, 천문학자들은 이름 짓는 센스가 없다)라고 부른다. 막대 구조가 없는 은하는… 그냥 '나선 은하'라고 부른다(무언가 기대했다면 미안하다). 혹시 지금 은하 구별법을 정리하며 읽고 있는 사람이 있다면, 큰 종이를 준비하거나 글씨를 작게 써야 한다. 왜냐하면 우리는 나선 은하를 한 번 더 나눌 거니까!

나선 은하를 구분하는 마지막 기준은 바로 '나선팔'이다. 나선팔은 나선 은하의 중심에서 뻗어나가 은하를 감싼 것들을 부르는 말이다. 이 기준은 살짝 모호한 것이, 어떤 구조가 보이냐 아니냐가 아니라 나선팔이 얼마나 잘 감겨 있냐로 판단한다. a, b, c, d형으로 나누는데, a형으로 갈수록 나선팔 개수가 많고 꽉 감겨 있으며, d형으로 갈수록 나선팔이 적고 느슨하게 감겨 있다. 나선팔이 꽉 감겨 있냐 아니냐는 누가 보느냐에 따라 다른 게 아닐까 하는 의문을 가졌다면… 당신은 예리한 감각을 지닌 사람입니다(?). 문제점이 있는 것이 사실이다. 그러나 현재는 이것이 은하를 분류하는 가장 보편적인 방식이다.

우리 은하는 어떤 은하일까? 우리 은하는 중심에 막대가 있는 막대 나선 은하이고, b형이다. 그러나 우리는 우리 은하 밖에서 우리 은하를 본 적이 없기에 몇 년 뒤엔 다른 결과가 나올지도 모른다. 언제나 속단과 맹신은 금물!

타원 은하는 나선 은하보다 단순하다. 타원 모양이 찌그러진 정도에 따라 구분할 수 있다. 타원의 찌그러진 정도를 어려운 말로 이심률이라고 하는데, 타원의 이심률은 0과 1 사이의 값을 갖는다. 이심률을 계산하면 타원 분류는 끝이다. 만약 어떤 타원 은하의 이심률이 0.34 정도라면, 소수점 첫째 자리의 숫자를 따서 E3 은하로 분류할 수 있다(E는 elliptical galaxy의 약자다). 숫자가 0에 가까워질수록 원에 가깝고 숫자가 커질수록 찌그러진 정도가 크다

(완벽한 원의 이심률은 0이다). 눈으로 결정해야 하는 나선 은하보다는 이쪽이 더 깔끔하고 속 편한 것 같다.

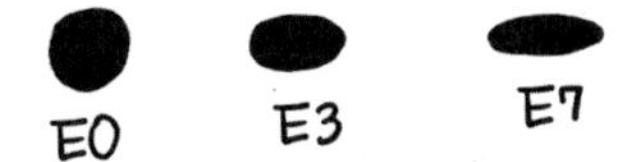

세상에 MBTI의 네 항목이 모두 중간인 사람이 있을까? 아직 나는 그런 사람을 본 적이 없지만, 은하 중에서는 나선 은하인데 타원 은하처럼 보이기도 하는 '렌즈형 은하'라는 것이 있다. 나선 은하처럼 생겼는데 나선 팔 구조가 보이지 않고, 나이가 많은 별들로 가득한 특이한 은하다. 천문학자들은 렌즈형 은하가 나선 은하에서 타원 은하로 가는 중간 단계라고 추측하고 있다.

어쩌면 누군가는 '난 인간을 고작 16가지 유형으로 나눈 이 유치한 방식에 놀아나지 않겠다! 나를 구속하지 마십시오!'라며 탈 MBTI를 주장할지도 모른다. 은하 중에서는 실제로 어디에도 속하지 않는 존재들이 있다. 이건 도대체 뭘까 싶은 형태의 은하들을 천문학자들은 '불규칙 은하'라는 카테고리 속에 모조리 넣어 두었다. 불규칙 은하는 꽤 많다. 이제까지 발견된 은하 중 25%를 차지할 정도다. 복잡한 그들의 모습은 그들이 몇십억 년 동안 겪은 사연 또한 간단하지만은 않다는 것을 보여 준다. 어쩌면 그들은 자신들보다 더 강력한 힘을 가진 주변의 은하에게 자신의 일부를 빼앗기고 난 처절한 상황인지도 모르겠다.

사람을 16가지로 나눌 수 있다고 하더라도, '나'와 완전히 같은 사람은 없다. 같은 유형에 속해 있다 해도 그렇다 ('당신이 나랑 같은 유형이라고? 그렇게 안 보이는데…'라고 생각하는 건 나뿐인가…). 은하 역시 천문학자들이 연구하기 쉽게 분류된 것일 뿐, 모두 고유한 특성을 가지고 있다. 지금의 모습에 다다르기까지 은하가 거쳐 온 역사는 그 안의 별들만이 기억하고 있을 것이다.

언젠가 은하의 사진을 볼 기회가 생긴다면, 내가 바라보고 있는 이 은하는 어떤 은하일지 숨을 죽이고 자세히 살펴보자. 나와 내 주변의 사람을 이해하려 노력하듯이. 누군가를 완벽히 이해한다는 건 불가능한 일이지만 그러기 위해 애쓰는 마음은 그 어떤 것보다 아름답기에.

별자리를 찾는 초심자를 위한 안내서

작은 천문과학관에서 일을 시작하며 가장 처음 한 일은 강의나 강의자료 만들기…가 아니라 별자리 외우기였다. 천문학을 전공했으면 이 정도는 기본 아니냐고 생각할 수도 있겠지만, 난 교수님들로부터, 그리고 교과서에서도 '별자리'라는 단어를 들어본 적도, 본 적도 없다("별자리? 자네 천문학 전공하는 거 맞나"라고 하실지도 모른다). 내가 별자리에 대해 아는 거라곤, 12개의 생일 별자리와 오리온자리,

큰곰자리 같은 유명한 별자리 몇 개, 그리고 내가 물고기 자리라는 것뿐이었다.

공부를 하면서 알게 된 사실은 별자리가 88개나 된다는 것이었다. 우리나라처럼 북반구에 있는 나라에서는 이 중에서 약 60~70개 정도를 볼 수 있다. 우리나라에서 보이는 별자리가 이렇게나 많았다니. 그런데 왜 내 눈엔 보이지 않았을까? 단순히 밤눈이 어두워서만은 아니었을 것이다.

약 70개의 별자리와 밝은 별들의 이름은 어찌저찌 외웠는데 더 어려운 과제가 남아 있었다. 관람객에게 지시기로 별을 가리키며 설명해 줘야 하기 때문에 별자리와 별의 위치를 알고 있어야 했다. 젠장! 왜 나는 밤눈이 어두운 걸까! 라섹으로 광명을 얻었다고 생각했는데 빛 번짐까지 함께 얻었다는 걸 그제야 알게 됐다. 나는 남들보다 별이 잘 안 보였다. 루테인도 먹어 보았지만 딱히 효과가 없었다. 뭐 어쩔 수 있나. 감으로라도 알아맞힐 수 있을 때까지 연습해야지.

프로그램을 마치고 나면 "선생님, 어쩜 그렇게 별을 딱딱 알아보세요?"라는 감탄 섞인 질문을 받기도 했다. "하하하. 다 알죠" 하며 능구렁이 담 넘듯 슬쩍 넘어갔지만 속으로는 무사히 끝난 것에 감사하며 안도의 한숨을 내쉬었다. 관람객들은 알지 못한다. 밤눈이 어두운 것을 들키지 않기 위해 프로그램 시작 전 별과 별자리의 위치를 미리 파악하고, 눈이 어둠에 적응할 수 있도록 까만 밤하늘을 몇십 분 동안 응시했다는 것을. 관람객들을 이끌고 관측실로 가는 계단을 오르며 얼마나 조마조마했는지를. 나뿐만이 아니라 사람들을 이끌고 프로그램을 진행하는 사람이라면 모두 같은 마음이지 않을까.

별자리는 하늘의 별들을 가상의 선으로 연결한 것이다. 크기가 작은 별자리도 있지만 대부분은 하늘 넓게 펼쳐져 있어서 망원경으로 보면 한눈에 들어오지 않는다. 그래서 그냥 맨눈으로 보는 게 낫다. 별자리는 이름과 모양이 전혀 매치되지 않는 경우가 많다. 처녀자리는 그냥 옆으로 뉘여 놓은 의자 같고, 아름다운 공주인 안드로메다자리는 밤하늘에 뻗은 앙상한 나뭇가지 같다. 게다가 별자리를 이루는 별이 모두 잘 보이는 것은 아니라서 별자리를 잘 찾기 위해서는 별을 알아 두는 것이 중요하다. 모든 별을 다 알 필요는 없고(보이지도 않으며), 도시의 밤하늘에서도 보일 만큼 밝은 별 몇 개만 알아 두어도 충분하다. 그래서 저녁 9~10시 사이에 남쪽을 향해 섰을 때 머리 위에서 볼 수 있는 밝은 별들을 소개할까 한다.

봄철에는 우선 국자 모양의 북두칠성을 찾아야 한다. 우리나라에선 북두칠성을 하나의 별자리로 보지만, 서양의 별자리에서 북두칠성은 큰곰자리의 엉덩이와 꼬리에 해당한다. 따라서 북두칠성을 찾았다면 큰곰자리를 찾은 거나 마찬가지다. 곰의 상반신은 맨눈으로 보기 힘들기 때문이다(큰곰자리뿐만 아니라 다른 별자리도 모든 별을 찾기 어렵다. 별자리를 이루는 별을 모두 찾으려면 정말 캄캄한 시골로 가야 할 것이다). 국자의 손잡이를 이루는 별을 따라 아래로 곡선을 그리며 내려오면, 노르스름한 밝은 별 하나가 보일 것이다. 목동자리의 '아크투루스'라는 별로, 봄철 밤하늘에서 가장 밝은 별이다. 곡선을 좀 더 그리면 이번에는 창백한 푸른 별 하나가 보일 텐데, 바로 처녀자리의 '스피카'라는 별이다. 북두칠성부터 아크투루스, 스피카를 잇는 커다란 곡선을 봄철의 대곡선이라고 한다. 처녀자리 오른편에는 사자자리가 있다. 사자자리의 꼬리인 '데네볼라'와 심장 '레굴루스'도 쉽게 찾을 수 있다. 아크투루스, 스피카, 데네볼라를 연결하면 삼각형을 그릴 수 있는데,

이것을 봄철의 대삼각형이라고 한다.

여름철 밤하늘을 보면 밝은 별 세 개가 먼저 보일 것이다. 셋 중 가장 밝은 별은 거문고자리의 '베가'인데, 우리나라에서는 '직녀별'이라 부른다. 그렇다면 견우별도 어딘가에 있지 않을까? 베가 아래에 보이는 독수리자리의 '알타이르'가 바로 견우별이다. 베가와 알타이르 사이에 흐르는 은하수를 따라 커다란 백조 한 마리가 날고 있는데, 백조의 꼬리별인 '데네브'는 백조자리의 가장 밝은 별이다. 이렇게 세 개의 별을 이으면 여름철 대삼각형이라 부르는 직각 삼각형을 그릴 수 있다. 몇 개 없어서 아쉽다는 생각이 든다면 고개를 남서쪽으로 돌려 보자. 지평선 근처에 붉은 별 하나가 있을 것이다. 전갈자리의 심장, '안타레스'다. 화성처럼 붉어서 화성의 라이벌이라는 의미의('안티'와 '아레스'의 합성어) 이름이 붙었다.

가을철 밤하늘은 관측 프로그램을 맡고 싶지 않을 정도로 밝은 별이 귀하다. 무얼 기준으로 찾으라고 하기도 애매할 정도로 밝은 별이 없다. 그래도 꼭 별을 찾아야겠다면… 나는 더블유 모양으로 유명한 카시오페이아자리를 먼저 찾는 편이다. 모양이 잘 알려지기도 했고, 그나마 밝아서 찾기 쉽다. 카시오페이아자리의 아래쪽으로 고개를 내리면 페르세우스자리, 그 오른편에는 안드로메다자리가 있다(안드로메다은하는 안드로메다자리 바로 위에 있어서 안드로메다은하란 이름이 붙었다!). 안드로메다자리는 날개 달린 말 페가수스자리와 연결되어 있는데, 페가수스의 몸통에 해당하는 네 개의 별은 가을철의 대사각형으로 불린다. 그 별명에 비해선 그렇게 밝지 않아서, 안타깝게도 나는 네 개의 별을 모두 본 적이 없다. 여러분은 꼭 찾을 수 있길 바란다.

겨울철 밤하늘은 밤눈이 어두운 나도 자신 있어 할 만큼 밝은 별이 매우 많다. 마차부자리의 가장 밝은 별인 '카펠라'가 지평선 위로 올라오면, 겨울이 왔다는 뜻이다. 조상(?)님들은 이 별이 뜨면 김장을 해야 할 때가 왔다고 해서 '김장별'이라고 불렀다고 한다. 날이 더 추워지면 나머지 겨울철 별자리들도 지평선 위로 떠오른다. 겨울철 별자리 중 가장 유명한 별자리는 모래시계 모양의 오리온자리다. 오리온자리의 발과 겨드랑이에 해당하는 '리겔'과 '베텔게우스', 황소자리의 붉은 눈인 '알데바란', 쌍둥이자리의 두 머리인 '카스토르'와 '폴룩스', 그리고 작은개자리의 '프로키온'은 맨눈으로도 금방 찾을 수 있다. 그러나 이 많은 별들은 큰개자리의 '시리우스' 앞에서는 평범한 별들일 뿐이다. 시리우스는 우리나라 밤하늘에서 가장 밝게 보이는 별이다. 큰개자리의 코 근처에 있는 시리우스는 루돌프의 코처럼 밝게 빛난다. 리겔, 알데바란, 카펠라, 폴룩스, 프로키온, 그리고 시리우스를 연결하면 약간 찌그러진 육각형을 그릴 수 있는데, 이걸 겨울철의 대육각형(다이아몬드)이라고 부른다.

여기 등장하는 별들의 이름을 다 외울 필요는 없다. 게다가 요즘엔 스마트폰을 하늘에 대면 그 위치에 있는 천체와 별자리를 알려 주는 어플도 있다는 사실! 그러니 별을 보는 것이 어려운 일이라고 여기지 않았으면 한다. 밤하늘은 누구에게나 열려 있다.

일을 마치고 새벽에 양평으로 관측 실습을 나간 적이 있다. 살면서 그렇게 별이 많은 하늘은 처음 보았다. 운동장에서 에어로빅을 하고 나서 봤던 밤하늘보다 별이 더 많았다. 도시에서는 밝은 별이 몇 개 보이지 않아서 금방 별자리의 위치를 찾을 수 있었는데, 별이 너무 많으니 오히려 알아보기가 어려웠다. 다행히 나보다 눈이 좋고 별자리를 훨씬 잘 아는 동료 덕분에 난생 처음으로 거문고자리를 이루는 모든 별을 찾을 수 있었다. 그리고 정말로 별들을 이어 내가 알고 있는 거문고자리를 그릴 수 있었다. 별자리를 만든 목동이 된 기분!

별자리를 외우고 가르치면서, 수많은 별들 중 일부를 이어 별자리를 만들고 이름을 붙이고 신화를 갖다 붙인 이들에게 마음속으로 원망을 늘어놓기도 했지만, 그날 양평에서 본 밤하늘은 마음속에서 여전히 반짝반짝 빛나고 있다. 내가 천문과학관에서 만난 이들 중에도 별을 보고 마음속에서 일순간 타오르는 빛을 느낀 사람이 있을까? 그 빛이 아주 미약하다고 하더라도, 그 섬광에 나의 지분이 조금이라도 있다면 그보다 더 큰 영광이 없겠다.

추신. 가끔 별자리 운세에 대해 어떻게 생각하냐는 질문을 받는다. 그건 혈액형으로 성격을 나눈 거나 마찬가지라고 생각한다(천문학을 전공한 다른 이들은 어떨지 잘 모르겠지만, 나를 포함한 내 주변의 천문학 전공자들은 별자리 운세보다는 타로카드나 사주를 선호하는 편이다). 그러나 나도 인생이

잘 안 풀린다 싶을 땐 심심풀이로 본다. 일본의 유명 점성술사인 이시이 유카리石井ゆかり의 별자리 운세는 문장에서부터 신비함이 느껴지는 것 같기도…. (아니 진짜 심심풀이라니까요?!)

우주에 가고 싶으세요?

"인터스텔라 보셨어요? 그거 제 인생 영화인데."

"아, 인터스텔라 좋죠."

"주원 씨는 인생 영화가 뭐예요? 그래비티? 스타워즈? 마션?"

내 인생 영화는 이와이 슌지岩井俊二 감독의 〈러브레터〉와 드니 빌뇌브Denis Villeneuve 감독의 영화들과 벤 스틸러Ben Stiller 감독, 주연의 〈월터의 상상은 현실이 된다〉인데. 천문학을 전공하면 다 우주 영화를 좋아해야 하나요? 엄밀히 말하면 난 우주, 특히 우주선이 무대인 영화를 좋아하지 않는다. 산드라 블록Sandra Bullock 주연의 〈그래비티〉를 볼 때는 숨이 막히는 것 같아서 당장에 영화관을 뛰쳐나가고 싶었다. 사랑하는 사람들과 떨어져 지내야 하고, 언제 찾아와도 이상하지 않은 죽음과 함께하는, 좁디좁은 우주선 안의 삶. 나는 싫다. 비행기도 타기 싫어하는데 우주선이라고 다를까. 언젠가 우주여행을 갈 수 있는 시대가 와도, 나는 다녀온 이들의 경험담을 듣는 것으로 만족할 것이다.

우주 비행사들에 일말의 관심도 없던 내가 그들에게 관심을 가지게 된 건 코야마 추야小山宙哉 작가의 〈우주 형제〉라는 만화 때문이다. 누군가가 〈우주 형제〉를 통해 우주를 배웠다고 얘기를 해서 '도대체 뭐길래' 하는 마음에 1권을 읽었고, "너무 유치하다"고 말하면서 자연스럽게 〈우주 형제〉 애니메이션을 찾아보기 시작했다(유치하지만 다음 스토리가 궁금한 걸 어떡해…).

함께 밤하늘을 바라보며 달과 화성에 가고 싶어 했던 어린 형제가 있다. 19년 뒤인 2025년, 동생은 정말로 우주 비행사가 되어 달에 가게 되고, 형은 늦었지만 지금이라도 어렸을 적의 꿈을 이루려 우주 비행사 선발 시험에 도전한다. 참, 만화를 끝까지 보려면 일본의 국뽕을 참고 견딜 수 있어야 한다(나는 그러지 못해서 전편을 보진 못했다…). 우주를 좋아한다는 것 빼고는 지극히 평범해 보이는 일본인 우주 비행사 후보들이 쟁쟁한 세계의 후보들을 제치고, 필요한 순간엔 멋진 대사까지 읊어대는 걸 이겨 내면 꽤 흥미로운 장면들과 마주할 수 있다.

우주에 가기 전에 우주 비행사들이 무중력 훈련이나 원심력 훈련, 수중 훈련 등을 한다는 건 이전에도 알고 있었다. 실제로 그러는지는 모르겠지만, 만화에서는 지상에 지어 놓은 우주 정거장 세트에 들어가 세상과 격리되는 훈련을 거친다. 그뿐만 아니라 만화에서 우주 비행사 후보들은 트레드밀을 달리면서 수학 문제를 풀어야 하고(난 글렀다), 여러 가지 훈련을 거치며 자신이 우주 비행사가 될 만한 인재인지를 보여야 한다. 주인공 중 한 명은 남들보다 식욕이 강한 편인데, 그런 사람은 장기 우주 체류에 큰 자제력(?)이 필요하겠다는 것도 알게 되었다. 우주에 가져갈 수 있는 음식의 양은 한정되어 있는데 배고프다고 일찍 다 먹어 버리면 결국엔 쫄쫄 굶어야 할 테니까.

〈우주 형제〉의 팬인 직장 동료는 몇 년 전 일본 여행 중에 우주항공연구개발기구 JAXA를 방문했는데, JAXA에서 기획한 〈우주 형제〉 투어에 참여하여 만화에 등장한 실제 장소(격리 테스트가 진행된 곳)를 탐방할 수 있었다고 한다. 만화를 보면서 우주인의 꿈을 꾸던 사람들에겐 얼마나 신나는 경험일까! 만화는 JAXA의 자문을 통해 작품의 완성도를 높일 수 있었고, JAXA는 만화를 통해 기구의 역할과 우주 개발의 필요성을 대중들에게 자연스럽게 알릴 수 있게 됐다(이 마케팅 기획은 누가 한 걸까? 일 참 잘한다). 그뿐만 아니라 미디어에서는 유명 연예인을 앞세워 우주에 관련된 방송을 하기도 한다. 그런 얘기들을 들으며 부럽기도 하고 화가 나기도 했다. 일본인들은 어렸을 때부터 우주로 가는 꿈을 꾸겠구나, 머지않은 미래에는 〈우주 형제〉를 비롯한 여러 매체를 통해 우주 비행사를 꿈꿨다는 사람도 있겠구나 싶어서.

실제로 일본은 2021년 5월까지 우주 비행사를 13명이나 배출했다. 우리나라는 2008년에 이소연 박사가 국제 우주 정거장을 방문한 뒤로는 소식이 들리지 않는다. 아이돌과 트로트 스타를 뽑는 방송은 재작년에도 했고, 작년에도 했고, 올해도 할 것 같은데. 우주비행사를 뽑는 이

벤트는 앞으로 우리나라에선 보기 어려우려나.

난 우주여행을 가고 싶진 않지만 많은 사람이 우주로 가는 꿈을 꾸기를 바란다. 같은 꿈을 꾸는 사람이 많을수록 그 꿈은 현실이 될 가능성이 높으니까. 그런 의미에서 요즘 우리나라에서 SF 소설이 인기를 끌고 있는 건 상당히 고무적인 일이다. 그 소설들 덕분에 우주로 떠나는 모습을 상상했고, 정말로 그렇게 되었다고 말하는 누군가의 모습을 보게 되면 좋겠다. 우주 영화는 나의 인생 영화가 아니더라도, 그 장면만큼은 인생 장면이 되기에 충분할 텐데.

스포트라이트가 미처 닿지 못한 곳

좀비 영화를 좋아하게 된 지는 얼마 되지 않았다. 넷플릭스 드라마 〈킹덤〉을 보고 나니 좀비가 더 알고 싶어졌고, 드라마 〈워킹 데드〉를 시즌 9까지 몰아서 보다 보니 어느 순간부턴 좀비에게 물어뜯기는 장면을 보면서도 밥을 먹을 수 있게 되었다. 그러나 안타깝게도 코로나바이러스가 창궐하면서 촬영이 미뤄지는 바람에 〈워킹 데드〉 시즌 10은 초반 몇 화를 제외하고는 볼 수 없었다. 좀비도 코로나

바이러스는 피해 갈 수 없었나 보다.

그러던 어느 날, 〈워킹 데드〉 시즌 10의 나머지 화가 업로드 됐다는 소식을 들었다. 육성으로 "오 마이 갓!"을 외치고 당장 보기 시작했는데… 3분 정도 보고 나자 반가움보다는 당황스러움이 더 커졌다. '재는 누구지? 걔는 죽었나? 지난번에 어떻게 끝났지?' 시즌 1에서부터 지금껏 쭉 살아남은 사람도 있고, 중간에 합류한 사람도 있으며, 언제까지고 우리(?) 곁에 있을 줄 알았는데 이젠 기억조차 나지 않는 캐릭터도 있다. 몰아 봤을 때는 그들 모두가 내 기억 속에 있었는데. 좀비 떼와 함께 싸우던 동료들을(감정이입이 심한 편) 잊은 것 같아 어쩐지 미안한 마음이 든다.

가만가만 기억을 더듬으며 지금껏 살아남은 캐릭터들을 떠올려 본다. 멘탈이 무너진 적은 있었지만, 그로 인해 그들은 체력적으로 정신적으로 강해졌으며, 모두 믿을 만한 사람이었다. 그렇다면 먼저 간 사람들은? 그들은 죽어도 괜찮은 사람들이었나? 끝까지 남지 못했다고 해서 그들이 별 볼 일 없는 사람이었던 건 아닌데. 비단 좀비 영화뿐만 아니라 역사와 기억은 누군가에겐 잔인하다. 특정인에게 비춰진 스포트라이트는 그 밖의 사람들에게 어둠을 선사하니까.

이 책에서 가장 많이 언급된 천문학자는 '에드윈 허블'일 것이다. 우리 은하 밖에도 또 다른 은하들이 있고 우주가 팽창하고 있다는 걸 관측으로 밝혀냈으며, 변호사면서 권투 선수였고, 게다가 잘생기기까지(?) 한 그는 누가 봐도 최고의 과학자이자 스타임이 분명하다. 허블을 평가절하하려는 건 아니지만(나에겐 그럴 자격이 없다), 사실 그를 언급할 때마다 허블 위로 쏟아지는 스포트라이트가 그리는 빛과 그 주위의 짙은 그림자를 떠올렸다. 난 그렇게 생각한다. 그 스포트라이트는 분명 빛의 영역 바깥에 있는 이들 덕분에 더 밝은 것이라고.

허블이 우주가 팽창하고 있다는 걸 알아낼 수 있었던 건, 첫째, 은하까지의 정확한 거리를 구할 수 있었기 때문이고, 둘째, 은하들이 우리에게서 멀어지고 있다는 걸 알았기 때문이었다. 많은 사람들이 이 두 업적을 허블이 최초로 남겼다고 생각하는데, 그건 사실이 아니다.

헨리에타 스완 리비트Henrietta Swan Leavitt

1900년대 초반, 하버드 천문대에서는 여성들을 고용했다. 여성은 수준 높은 과학 교육을 받을 수도 없는 시대에 하버드 천문대의 행보는 파격적으로 보이지만, 실상은 남성 조수에게 주는 것보다 훨씬 적은 인건비로 똑똑한 인재를 쓸 기회를 마다하지 않았을 뿐이다. 하버드 천문대의 여성 조수들은 컴퓨터가 없던 시대에 계산기 역할을 하며 남성 천문학자들의 일을 도왔다. 그중에 헨리에타 스완 리비트라는 차분하고 성실한 여성이 있었다. 그녀는 밤새 남성 조수들이 촬영한 별의 스펙트럼을 분석하면서 밝기가 변하는 변광성에 숨겨진 비밀을 찾아냈다. 그건 바로 변광성이 밝을수록 깜빡거리는 주기가 더 길다는 것이었다. 깜빡거리는 주기가 같은 변광성이 있다면, 밝기의 차이로 변광성들의 거리를 가늠할 수 있다. 밝은 변광성은 가까이 있는 것이고, 어두운 변광성은 그보다 멀리 있는 것일 테니까. 그러니까 그녀는, 한마디로 천체들의 거리를 구할 수 있는 새로운 방법을 심연 속에서 찾아낸 것이다. 허블은 리비트의 방식을 이용해서 안드로메다성운의 변광성까지의 거리를 구했고, 그 성운까지의 거리가 우리 은하의 크기보다 멀다는 것을 밝히며 우리 은하 밖에도 또 다른 은하가 있다는 것을 증명하여 대논쟁에서 승기를 들었다.

허블 역시 리비트가 노벨상을 받아야 한다고 인정했을

정도로(둘 다 받지 못했다) 뛰어난 업적을 남겼지만, 리비트는 안타깝게도 일찍, 그리고 조용히 암으로 세상을 떠나고 말았다.

베스토 슬라이퍼Vesto Slipher

은하가 멀어지고 있다는 걸 처음으로 발견한 사람은 허블이 아니라 베스토 슬라이퍼라는 미국의 천문학자였다. 애리조나주의 로웰 천문대에서 40년 이상을 보낸 이 분광 전문가는 어느 밤, 안드로메다자리의 위쪽에 놓인 작은 구름처럼 보이는 안드로메다성운을 망원경으로 보았을 것이다. 분광학을 하는 사람이었으니 단순히 눈으로만 보지는 않았을 테고, 분명 안드로메다성운의 스펙트럼까지 들여다봤을 것이다. 그리고 그는 스펙트럼이 조금 이상하다는 걸 알았다. 스펙트럼의 흡수선이 원래 있어야 할 자리에 있지 않았고, 누가 당긴 것처럼 전체가 푸른색 쪽으로 움직여 있었기 때문이다(이것을 도플러 효과에 의한 청색이동이라고 한다). 그것이 무슨 의미인지 알아내는 데 얼마나 많은 시간이 걸렸는지는 알 수 없지만, 그는 결국에 안드로메다성운이 우리 쪽으로 다가오고 있다는 사실을 알아냈다. 그는 내친김에 다른 성운들의 스펙트럼도 관측했는데, 그중 일부는 안드로메다성운과는 달리 우리와 멀어지고 있었다.

그러나 그의 발견은 큰 관심을 받지 못했다. 그는 자신이 관측한 성운까지의 거리를 정확히 측정할 줄 몰랐다. 그래서 그 성운들이 단순히 우리 은하 안에서 움직이는 거라고 생각했다. 반면, 리비트의 방식을 통해 안드로메다성운까지의 정확한 거리를 측정하여 그것이 성운이 아니라 우리 은하 밖에 있는 은하라는 걸 밝혀낸 허블은 은하들(슬라이퍼는 성운인 줄 알았지만)이 우리 은하와 멀어지고 있다는 것을 발견해 우주가 팽창한다는 것을 증명할 수 있었다.

할로우 섀플리 Harlow Shapley

허블이 안드로메다성운이 우리 은하 밖에 있는 은하라고 주장했을 때, 그 반대편에서 우리 은하가 우주의 전부라는 주장을 펼친 이들이 있었다. 그들 중 대표는 할로우 섀플리라는 천문학자였다. 그는 허블과의 대논쟁에서 패배한 것으로 유명하지만, 약 30년 동안 하버드 천문대의 대장을 맡은 인물이다(하버드가 능력 없는 사람을 수장으로 앉혔을 리 없다!).

변광성을 이용해 안드로메다은하까지의 거리를 구한 내용이 적힌 허블의 편지를 받았을 때, 섀플리는 이 편지가 '자신의 우주를 파괴한 편지다'라고 얘기하며 깔끔하게 자신의 패배를 인정했다. 목소리 크고 우기면 다 되는 세상에 살고 있어선지, 후배에게 졌다는 게 자존심 상했을 텐데도 그런 반응을 보인 그가 난 굉장히 쿨하다고 생각한다.

이 밖에도 섀플리는 태양과 지구가 은하의 중심에 있지 않다는 사실을 알아냈고*(지금으로서는 너무나도 당연한 말이지만), 우주에서 생명체가 탄생하려면 거주지가 액체 상태의 물이 있는 곳에 있어야 한다고 주장**하기도 했다. 대논쟁을 제외하면, 우리는 그가 제안한 것들을 여전히 믿고 있다. 또한 그는 하버드 천문대장이 된 지 고작 4년밖에 안 된 시기에 최초의 여성 천문학 박사인 세실리아 페인-

---

* Bart Jan Bok, *Harlow Shapley, 1885-1972: A biographical memoir* (National Academy of Sciences of the United States, 1978)

** http://www.nasonline.org/member-directory/deceased-members/20001705.html

가포슈킨Cecilia Payne-Gaposchkin을 키워 내기도 했다. 이래도 그가 단순히 패배자로 보이는가?

고작 그들뿐일까. 뉴턴Isaac Newton이 누군가에게 보낸 편지에서 '내가 더 멀리 보았다면 이는 거인들의 어깨에 올라탔기 때문이다'라고 적었듯이(그마저도 누군가의 말을 인용한 것이라고 한다), 우리가 많은 것을 알게 된 건 밤하늘에 닿고 싶었던 이들이 다음 세대의 누군가가 자신의 어깨를 밟고 더 높은 곳으로 올라가길 바랐기 때문이라고 본다. 그중 우리는 튼튼한 어깨를 가진 이를 밟고 올라선 극히 일부의 과학자들을 알고 있을 뿐이고.

한때 더 먼 곳을 보고 싶어서 발을 여러 번 헛디뎌 가며 바벨탑에 올라서던 나는, 이제 먼 곳을 보는 건 포기하고 다시 한 층, 한 층 내려오며 강인한 어깨의 주인공들을 보려 한다. 비록 그늘에 얼굴이 가려졌어도 밤하늘을 향한 그들의 눈동자는 밝게 빛나고 있다. 언젠가는 그들에게 걸맞은 스포트라이트를 비춰 주고 싶다.

붉은 행성의 탐험자들

"생일 축하합니다~ 생일 축하합니다~"

모래와 먼지가 섞인 바람이 부는 황량한 사막. 생일축하 노래가 끊어질 듯 희미하게 들려온다. 이곳에서 누굴 마주칠 수 있다니. 동그랗고 큰 눈에 긴 목을 가진 그에게 오늘이 생일이냐고 묻자 그렇다고 대답한다. 그러고는 묻지도 않았는데 이런 말을 덧붙였다. 이런 곳에 홀로 지내다 보면 자신이 누구인지 잊어버리게 된다고, 나는 그저 크기가 커다란 모래 알갱이인 건 아닌가 하는 생각이 들어서 내 생일만은 잊지 않기 위해 생일축하 노래를 10년간 불러왔다고. 무어라 대답할 새도 없이 그는 떠나려 하고 있었다. 여기서 혼자 무얼 하고 있냐고 묻자 그는 "호기심을 거두지 않고 끊임없이 이 세상을 보는 것이 자기 일"이라고 했다. 멀어지는 그의 뒷모습을 보다가 마지막으로 한 가지를 더 물었다.

"저기요, 이름이 뭐예요?"

그는 속도를 잠시 줄여 대답하고는 붉은 모래가 펼쳐진 곳으로 떠났다.

"내 이름은 큐리오시티Curiosity예요."

2012년에 화성에 도착한 화성 탐사 로버(행성의 땅 위를 돌아다니며 탐사하는 로봇. '탐사차'라고도 불린다) '큐리오시티'가 생일날마다 먼 행성에서 혼자 생일축하 노래를 부르고 있다는 이야기를 들었을 때, 나는 못내 그것이 서러웠다. 타지에서 혼자 살며 홀로 미역국을 끓여 먹었던 일들이 떠올라서였을까. 그의 생일은 화성에 도착한 날인 8월 6일. 큐리오시티는 올해도 혼자 화성에서 자신을 위한 생일축하 노래를 직접 부르고 들었을 것이다. 그 옆에 있었더라면 등이라도 한 번 쓰다듬어 줄 수 있었을 것을.

미국이 화성에 보낸 탐사 로버는 총 다섯 대다. 소저너(패스파인더), 스피릿, 오퍼튜니티, 큐리오시티, 그리고 막내 퍼서비어런스. 이 중 여전히 화성을 활발히 돌아다니고 있는 것은 큐리오시티와 퍼서비어런스 단 두 대뿐이다. 나머지는 작동을 멈췄다.

앞서 큐리오시티에 대한 나의 애정을 드러냈지만, 사실 나는 '오퍼튜니티'란 로버를 더 좋아한다. 로봇을 좋아한다고 말하는 게 조금 우습게 들리기도 하는데, 어쨌든 난 좋아한다. 스피릿과 쌍둥이 자매였던 오퍼튜니티는 스피릿을 이어 2004년에 화성에 도착했다. 두 쌍둥이는 화성에서 약 90일간 활동할 예정이었지만, 2000년대 초반의 핸드폰들이 그러하듯 튼튼하게 만들어졌는지 스피릿은 5년 이상을, 오퍼튜니티는 15년 이상을 살아 화성을 배회했다.

오퍼튜니티는 그렇게 크지도 않고(골프 카트 한 대 정도의 크기. 큐리오시티와 퍼서비어런스는 SUV 한 대 정도의 크기다) 평균 속력이 초속 1 센티미터로* 빠르지도 않지만, 이름처럼

---

* https://mars.nasa.gov/mer/mission/rover/wheels-and-legs/

자신에게 온 기회를 놓치지 않았다. 오퍼튜니티가 돌아다닌 거리는 무려 45.16킬로미터다.* 자신을 뒤이을 후배 로버들에게 언젠가 깨질 기록이겠지만(요즘 금방 고장 나는 핸드폰처럼 로버를 만들었다면 깨지지 않을 것 같기도…) 그 작은 로버가, 심지어 쌍둥이 언니는 이미 임무를 종료했는데 혼자 화성을 돌아다녔을 것을 생각하면 마음이 미어진다. 아이고, 그 작고 어린 것이…!

내가 한창 과학관에 적응하고 있던 2018년 여름, 오퍼튜니티는 모래폭풍을 제대로 맞았다. 화성의 모래 폭풍은 영화 〈마션〉에서 표현된 것만큼 강하지 않다. 그런데 그해에는 화성의 흉터라 불리는 거대한 매리너 협곡이 보이지 않을 정도로 모래바람이 일었다. 그 모래바람에 오퍼튜니티가 날아가거나 어디가 부서지지는 않았지만, 고운 모래와 먼지들이 오퍼튜니티의 태양광 패널 위에 소복이 쌓였다. 오퍼튜니티의 에너지원이 끊겨 버린 것이다. 결국 오퍼튜니티는 기약 없는 동면 상태에 들어갔다.

매주 토요일 오후마다 태양계 강의를 하면서 오퍼튜니티의 소식을 관람객들에게 전했다. 항상 마무리 멘트는

---

* https://mars.nasa.gov/mer/mission/traverse-maps/

이랬다. “여러분, 우리 오퍼튜니티가 다시 작동할 수 있도록 기원해 주세요.” NASA 직원도 아닌 작은 천문과학관의 일개 직원이 할 소리 같진 않지만, 대학원과 학업을 모두 내려놓고 새로운 시작을 하는 나는 고군분투하는 오퍼튜니티에 동질감을 느꼈는지도 모르겠다. 나의 노력이 화성에 닿을 만큼 간절하지는 않았는지 오퍼튜니티는 다음 해인 2019년까지도 깨어나지 못했고, NASA는 결국 오퍼튜니티의 임무를 중단하기로 했다.

오퍼튜니티가 모래바람을 맞고 몇 개월 뒤에, NASA의 새로운 탐사 로봇인 ‘인사이트’가 화성에 도착했다. 인사이트는 스피릿과 오퍼튜니티, 큐리오시티와는 다르게 가만히 한자리에 서 있는 로봇이다. 땅을 팔 수 있는 로봇 팔과 지진계를 달고 있어서 화성 내부를 ‘인사이트’ 할 수 있을 거라는 기대가 있었다. 초반에는 화성의 바람 소리도 보내오고 지진도 감지해서 기대감이 꽤 컸는데… 결정적으로 땅을 못 팠다. 5미터는 파기로 했는데 50센티미터도 못 팠다. 삽질하러 보냈는데 삽질도 못 하고 만 것이다.

2021년에는 ‘퍼서비어런스’(Perseverance; 인내)라는 새로운 탐사 로버가 화성에 도착했다. 과학관을 떠나 퍼서비어런스의 소개 글을 쓰고 있던 나는 예상치 못한 장애

물을 만났다. 그건 이 로버를 퍼서비어런스라 읽을 것인가, 퍼시비어런스라 읽을 것인가에 대한 문제였다. 누군가가 나에게 "퍼시비어런스"라고 써야 된다고 했지만, 미국의 NASA가 만들었으니 당연히 미국 발음인 "퍼서비어런스"가 맞지 않냐며 수정하지 않았다. 여러분도 기회가 된다면 사전에서 단어를 찾아 발음을 들어 보고 어떻게 이름을 적는 게 맞을지 생각해 주면 고맙겠다.

대한민국에서 하는 고민과는 무관하게, 큐리오시티의 사촌 동생 격인 이 탐사 로버는 아직까지는 무사히 화성을 돌아다니고 있는 것으로 보인다. 탐사 로버들은 카메라와 로봇 팔이 달려서, 화성을 돌아다니며 흥미로운 것들을 촬영하고, 샘플을 채취해서 분석한 다음에(몸통에 분석 기계가 들어 있다) 지구로 데이터를 보낸다. 화성 특파원 같은 존재들이라고나 할까. 퍼서비어런스에는 작은 드론도 딸려 있는데, 첫 비행에 성공했다. 그리 오래 날지도 높이 날지도 못했지만, 지구가 아닌 곳에서 비행에 성공한 건 이번이 처음이다. 이 성공을 발판으로 삼아 걷는 로버 위에 나는 로버의 시대가 곧 찾아오지 않을까?

예전에는 화성에 문명을 이룬 외계인이 살고 있을지도

모른다는 환상 때문에 화성의 문을 두드렸지만, 이제 우리는 그런 것이 없다는 것을 알고 있다. 그런데도 미국은 왜 여전히 탐사선을 보내며 화성에 집착하는 걸까? 궁금하던 차에 넷플릭스 다큐멘터리 〈마스 제너레이션〉(마이클 바넷, 2017)을 보게 됐다. NASA의 과학자들이 세운 목표는 화성을 이해하는 것이 아니라 화성에 인류를 보내는 것이었다. 다큐멘터리에서는 지금의 10대를 '화성 세대'라 불렀다(안타깝지만, 나는 MZ 세대에 끼는 것으로 만족하기로 했다). 그들이 내 나이가 되었을 때쯤 그들은 화성에 처음으로 발을 디딜 세대이기 때문이다. 그러기 위해 어린 친구들은 벌써 화성 탐사를 준비하고 있다. 우주선을 안전하게 착륙시킬 방법을 토론하고, 실험하고, 코드를 짜서 로봇의 움직임을 제어하고. 진지함과 열정만큼은 이미 NASA의 연구원이라고 해도 믿을 정도다.

누군가는 그들의 모습을 중2병 정도로 취급할지 모르지만, 그들은 정말로 화성에 갈 수 있을 것이다. 물론 쉬운 일은 아니다. 계획은 연기되고, 누구도 원치 않는 사고가 생길 수도 있으며, 설상가상으로 자금이 달릴 수도 있다. 그러나 우리는 그것이 결코 영원한 실패가 아님을 알고 있다. 인류는 언제나 그러했듯이 새로운 탈출구를 찾아낼 테니까. 그리하여 모래에 파묻힌 오퍼튜니티를 찾아낼 것이고, 큐리오시티의 생일축하 노래를 함께 부를 것이며, 시작도 하지 못한 인사이트의 굴착을 재개할 것이다. 외로이 붉은 행성을 누볐던 탐험자들의 곁에서 우리는 화성의 푸른 석양을 마주하게 될 것이다.

빛을 보는 새로운 방식

TV 프로그램 〈복면 가왕〉의 룰은 참가자가 가면과 독특한 의상으로 자신이 누구인지 알아볼 수 없게 한 다음 노래를 부르는 것이다. 참가자가 누구인지 알아내는 방법은 그들의 '목소리'를 듣는 것이다. 참가자는 자신의 정체를 감추기 위해 평소와는 다른 창법이나 스타일을 구사하지만 패널 중에 예민한 청각을 가진 이는 종종 그가 누구인지 알아맞힌다. 목소리뿐만이 아니라 의상으로 가려지지 않는 참가자의 체격이나 말투, 몸동작 등을 포착하여 참가자의 나이나 직업 등을 예상하기도 한다.

천문학자들을 〈복면 가왕〉의 패널이라고 생각해 보자. 오늘의 참가자는 우리로부터 100광년 떨어져 있는 별이다. 빛의 속도로 100년을 가야 만날 수 있는 별이라 지구에서는 코딱지보다도 작게 보인다. 그러나 좌절하지 말자. 천문학자들에게는 목소리 대신 '빛'이라는 중대한 정보가 있으니까. 〈복면 가왕〉의 패널들이 예민한 청각으로 목소리를 분간해 내듯, 천문학자들은 '스펙트럼'이라 부르는 빛이 남긴 흔적을 읽는다. '분광기'라는 섬세한 도구의 도움으로.

'분광기'라는 단어는 생소할지 몰라도 '프리즘'을 모르는 사람은 없을 것이다. 다들 초등학생 때 프리즘을 통과한 빛이 무지개로 변신한 것을 본 적이 있을 테니까. 빛은 단순한 유리 조각인 프리즘을 통과하면서 경로가 꺾이게(굴절) 되고 감추었던 모습을 드러낸다. 태양에서 오는 빛은 무색인 것 같기도 하고 하얀색인 것 같기도 하지만, 알고 보면 빨간빛부터 보랏빛까지 여러 색의 빛이 합쳐진 결과이다. 빛의 색깔마다 굴절되는 정도가 다르다. 보랏

빛으로 갈수록 꺾이는 정도가 커져서 하나였던 빛은 결국에 무지개로 쪼개지게 된다.

중세 시대 사람들은 프리즘이 색깔을 만들어 내는 마법의 도구라고 생각했다. 프리즘은 마법의 도구가 아니며, 태양 빛이 여러 색깔 빛의 총합이라는 걸 알아낸 사람은 바로 아이작 뉴턴이다. 뉴턴 하면 중력과 사과만 떠올릴지 몰라도, 사실 그는 빛에 관심이 많아서 프리즘 연구도 많이 했고, 1704년에 『광학』이라는 책을 출판했으며, 거울을 사용한 반사 망원경을 발명하기도 했다.

프리즘을 통과한 무지개를 좀 더 멋있는 말로 '스펙트럼'이라고 부른다. 1814년, 프라운호퍼Joseph von Fraunhofer라는 과학자는 태양의 스펙트럼에서 무언가를 발견했다. 스펙트럼을 확대해 보니 희미한 검은 실선들이 그어져 있었다. 처음엔 프리즘에 문제가 있나 싶었겠지만, 그는 결국 검은 선들이 태양에서 왔음을 확신했다. 그리고 그 324개의 검은 선에 '프라운호퍼선'이라 이름을 붙였다(뭔가를 먼저 알게/하게 되면 이름 붙이는 걸 잊지 말자!).

안타깝게도 프라운호퍼는 이 검은 선들이 무엇을 의미하는지는 알지 못한 채 세상을 떠났다. 그리고 그가 세상을 떠난 지 약 30년 뒤, 화학자 분젠Robert Wilhelm Bunsen은 우리도 중학생 때 해본 원소의 불꽃 반응실험(어떤 원소를 태우면 불꽃의 색깔이 변하는 실험. 분명 중학생 때 해 본 기억이 있다)을 하고 있었다. 여러 원소가 섞여 분간이 어려웠던 그는 친구였던 물리학자 키르히호프Gustav Robert Kirchhoff에게 도움을 구했고, 키르히호프는 불꽃을 프리즘에 통과시켜 보라는 조언을 해 준다. 내가 분젠이었다면 '그걸 그렇게 해서 뭐해…'라며 넘겼을 것 같은데, 키르히호프는 꽤 믿음직스러운 친구였는지 분젠은 그의 말대로 해 본다.

원소들의 불꽃을 프리즘에 통과시키면 까만 바탕에 여러 가지 색깔의 실선들이 보인다. 원소마다 밝은 선이 생기는 위치와 선의 개수가 다르다. 마치 사람의 지문처럼 밝은 선의 위치와 개수를 알면 그것이 어떤 원소인지 알 수 있다. 원소의 실선들을 살펴보던 두 친구는 어디서 많이 본 듯한 느낌을 받았다. "이거 어디서 많이 본 것 같지 않아?" "야, 너두?" 이런 대화를 나누지 않았을까. 곰곰이 생각하던 그들은 원소의 밝은 선을 프라운호퍼선의 까만 실선 부분에 끼우면 '완벽한 스펙트럼'이란 퍼즐을 맞출 수 있겠다는 걸 깨달았다.

분젠과 키르히호프는 스펙트럼의 까만 실선이 태양 대기에서 온 것이라고 예상했고, 그것은 사실로 밝혀졌다.

태양의 중심에서 나온 빛은 태양 대기를 통과한 뒤, 우주 공간으로 끝없는 긴 여행을 떠나게 된다. 월급날을 한번 떠올려 보자. 월급을 받았다는 기쁨을 누릴 틈도 없이, 곧이어 보험사와 카드사, 은행에서 벼룩의 간을 빼먹듯이 작고 소중한 내 월급을 빼앗아 간다. 태양 중심에서 바로 나온 빛이 (세금을 제하기 전의) 월급이라면, 태양 대기는 내 월급에서 '퍼가요~'를 담당하는 이들이라서, 빛은 그들을 지나칠 때마다 가지고 있는 것을 내줘야 한다. 태양 대기의 원소들은 태양에서 나온 빛이 지나갈 때 빛의 일부를 흡수하는데, 이것이 스펙트럼에서 까만 선으로 나타나는 것이다.

태양을 비롯한 별의 스펙트럼은 그들의 정체를 밝혀낼 정보가 가득한 판도라의 상자다. 스펙트럼의 까만 실선들을 통해 천체의 거리와 움직임, 나이 등 단순히 형체를 보는 것만으로는 알 수 없었던 정보들을 얻을 수 있기 때문이다. 이 스펙트럼을 얻는 기기가 바로 '분광기'Spectrometer이다. 방식은 조금 더 복잡하지만 어쨌든 프리즘처럼 빛을 쪼개는 일을 한다. 이런 분광기들은 대부분의 망원경에 설치되어 있다. 우주에서 30년 넘게 활동하는 허블 우주 망원경에도, 이제 곧 우주로 올라가 허블과 배턴 터치를 하게 될 제임스 웹 우주 망원경에도, 우리나라에서 가장 큰 광학 망원경인 보현산 망원경에도 설치되어 있다.

망원경에 눈을 대고 대상을 바라보는 것보다 더 많은 것을 알 방법이 있기에 천문학자들은 굳이 망원경을 뚫어져라 볼 필요가 없다. 그들에게 별을 보는 것보다 더 중요한 건 천체의 스펙트럼을 이해하고 해석하는 일이기 때문이다. 천문학자들이 보는 스펙트럼은 앞서 설명한 무지개의 모습이 아니라 주식 차트 같은 형태에 가깝다(혹시 천문학자들은 주식을 잘하냐고? 그건 나도 잘 모르겠다). 몇 년간 시뮬레이션만 했던 나 역시 삐쭉삐쭉, 들쑥날쑥한 선이 길게 그어진 스펙트럼 앞에서는 고개를 갸웃거릴 정도로 매우 복잡하다.

사람이든, 세상이든, 우주든 단순히 보여지는 것만으로는 대상을 제대로 알 수 없다. 뉴턴을 비롯한 천문학자들이 빛을 보는 새로운 방식을 발견했듯이, 우리 역시 세상을 바라보는 새로운 감각을 키울 필요가 있다. 나는 우주와 천문학자들에게서 배운 그 섬세한 감각을 통해 남들이 보지 못한 것들을 발견하고, 익숙한 것들에서 새로운 면을 찾을 줄 아는 사람이 되고 싶다. 일상 속에서 밤하늘의 별처럼 작고 희미하지만 가치 있는 것들을 찾아내는 눈과 마음을 가지기를 고대한다.

| 에필로그 |

소박한 바람

천문과학관과 천문학 교육 회사에서 일하면서 '천문학을 왜 배워야 하나' 하는 자의적, 타의적 질문 앞에 서곤 한다. 대학에서 만난 친구들, 그리고 천문학을 전공한 직장 동료들은 천문학을 좋아해서 배웠다지만, 천문학에 관심이 없는 사람들도 생각해야 하는 나로선 그런 이들에겐 어떻게 설명해야 할지 아직도 고민이다. 아마도 내 안에 확실한 답이 주어지지 않았기 때문일 것이다.

천문학을 단순히 '우주를 이해하려는 학문'이라는 좁은 의미로 설명하고 싶지 않다. 원시인들이 살던 동굴에서도 별자리가 그려진 벽화가 발견될 정도로 천문학은 태초의 인간이 하늘을 바라보고 호기심을 가진 순간부터 함께해 온, 길고 긴 역사를 가진 학문이다. 천문학이 발전하는 과정을 따라가면, 사람들의 생각 또한 발전하고 있는 것이 보인다. 아주 오랫동안 인류는 자신들이 세상의 전부이자 중심인 줄 알았지만, 이제 우리는 그것이 사실이 아님을 안다. 이 거대한 우주 속에서 자신이 어떤 존재인지를 파악하는 것, 그것이 천문학의 본질이 아닐까? 게다가 천문학은 예술이나 종교, 철학, 역사 속에 고스란히 녹아 있고, 우주를 제대로 이해하려면 물리학과 화학, 생물학까지 알아야 한다. 과장을 곁들이자면, 천문학은 이 세상 모든 것을 담은 종합 선물 세트라고 할 수 있겠다.

거창하게 설명했지만, 이 순간 내 바람은 소박하다. 이 책을 여기까지 읽어 준 당신이 걸음을 잠시 멈추고 밤하늘을 응시할 줄 아는 여유를 갖기를, 밤하늘이 주는 위로와 기쁨을 누릴 수 있기를 바란다. 나는 힘들고 어려운 일과 마주칠 때마다 밤하늘을 보며 위안을 찾는다. 저 달이 지고 다음 보름달이 뜨면, 또 그다음 보름달이 뜰 때쯤이면, 상황은 달라질 것이고 나 역시 괜찮아질 거라고. 도시의 광해에 맞서 자신만의 빛을 밝히는 별들처럼, 나도 지지 않을 거라고. 밤하늘이 주는 아름다움과 위로를 충분히 느낀 뒤에 우주를 알아 가도 늦지 않다. 우주는 언제나, 누구에게나 항상 열려 있다.

서툰 안내자와의 동행에 함께해 준 당신에게 감사를 전한다.

2021년 여름,

이주원

별자리들

초판 1쇄 인쇄 2021년 8월 13일
초판 1쇄 발행 2021년 8월 20일

글 이주원
펴낸이 홍지애
펴낸곳 꿈꾸는인생
주소 서울 마포구 월드컵북로 400 2층
전화 070-4046-2371
팩스 02-6008-4874
이메일 lifewithdream@naver.com

979-11-91018-11-0 (04810)
979-11-91018-04-2 (세트)